Entre Terre et Ciel,
de bien curieux pays !

Jean Coadour

Entre Terre et Ciel, de bien curieux pays !

Nouvelles d'ailleurs

LE LYS BLEU
ÉDITIONS

ISBN : 979-10-377-5997-9

Du même auteur

– *Lisa et les Signes*, éditions Maison rhodanienne de poésie ;
– *Le miroir oblique,* éditions Le Manuscrit.

Vers Sirius avec un chien

Comme « ailleurs » pour situer l'endroit où se passe un événement, on ne peut en imaginer un plus lointain que l'étoile Sirius.

Le voyageur, dont on va parler, modeste collectionneur de mots, pensait y aller simplement par un effort d'imagination qu'il avait vive, en la cherchant dans les tréfonds des plis de ses méninges. Il aurait échoué, c'est probable malgré tous ses efforts sans un concours de circonstances inouï. Le chemin de Sirius, il allait le découvrir au terme d'un voyage à grand spectacle que lui, simple quidam n'aurait jamais penser pouvoir s'offrir en vrai et le tissu de mensonges qu'il s'apprêtait à écrire, sur cette étoile allait se transformer en une pelote de vécu irréfutable.

L'homme, me dit-il, c'est moi.

***

Mon histoire va te sembler incroyable. Je pourrais certes te la raconter au passé. Plutôt rassurant, le passé ; alors que le présent, c'est l'aventure partagée, risques compris. Méfiance ! car, que le chemin de l'auteur vienne à croiser un crocodile et c'en est fait, voilà l'histoire engloutie avec lui dont il ne reste que quelques bulles qui crèvent à leur tour ; voilà le lecteur livré au hasard. Fin du voyage organisé, force à lui d'inventer la suite, de revenir au bercail par ses propres moyens. Avec le passé, pas de souci, les voyages sont circulaires. L'aventurier est de retour parmi nous encore vivant. Mille dangers sans quitter son fauteuil.

Pas de çà avec moi. C'est au présent que je vais te faire revivre les épisodes périlleux tous authentiques qui vont suivre dont je suis revenu heureusement sain et sauf, tels que je les sers à mon fils pour nourrir ses rêves nocturnes. Commençons !

Je m'imaginais les Siriens autrement. En tous cas plus grands qu'ils ne sont en réalité…

Jérémie déteste les digressions. Il veut l'histoire tout de suite. C'est bien la dixième fois que je la lui raconte. Avec des variantes étroites ; toutes approuvées par lui. Un tyran, ce gosse ! un garde-fou en travers de la pente. Le voilà qui sourit, il a reconnu le bon début.

Les Siriens donc. J'en ai trouvé un ce matin dans ma chambre, une, pour être précis. J'ai bien cru à une hallucination. Difficile de démêler le vrai du fou parfois à la lisière de l'éveil. Sur la descente de lit, une paire de chaussures de poupée rouge vif, à talons hauts, sans leur habitante. Le soleil s'est allumé derrière le volet, un cœur de lumière là sur le parquet, je l'ai vue qui s'avançait ; haute comme deux mains, disons, élégante dans sa robe de madras, qui ondulait comme une star. Enfiler ses chaussures l'a bien grandie d'un centimètre. Elle, bien dressée et moi, allongé sur la descente de lit, nous avons eu un tête-à-tête. Sa voix était claire, son élocution, facile, ses réponses, évasives : « Bonjour, je viens de loin pour vous voir. » Quand j'ai proposé l'étoile Sirius, elle n'a pas démenti formellement. Je l'ai bousculée de questions sur son voyage, tu penses !

Pour toute réponse, ce fut un coq-à-l'âne ! « Je grimpe très bien, venez voir », qu'elle me dit. Et sportive avec ça ! la voilà qui court jusqu'au rideau, qui se hisse à toute vitesse le long du cordon de la tringle à rideaux, qui pendule jusqu'au cœur dans le volet. Par l'entrebâillement, je la vois qui s'élève vers le toit agrippée à la vigne vierge. Une vrille sur une vrille : la corniche est franchie. Encore un bond vers le chéneau suivi d'un rétablissement. Elle se trouve à présent face au vide et à un bonhomme éberlué sur son balcon, la tête renversée en arrière, qui lui crie de faire attention. « Chiche que je vous saute dans les mains ! Si je réussis, vous me ferez lire l'histoire que vous écrivez en ce moment. »

Je n'y tiens pas. Je serais ridicule si elle s'apercevait que les Siriens sortis de ma tête étaient bleus avec une bouche en forme de pilule, qu'ils se débarbouillaient au pétrole, communiquaient en langage binaire en clignant des yeux à la vitesse de la pensée et perdaient de nombreuses occasions de se rendre sympathiques. Mais, au fait, comment savait-elle cela, mes tentatives d'évasion littéraire ?

Pas le temps de protester, elle se lance dans le vide et moi j'embrasse l'air au jugé pour essayer de l'attraper. Ses genoux me frappent au cœur ; sa main fait valser mes lunettes ; mon grand nez, proue ultime, souffre de ses griffes. Elle rebondit vers l'échancrure de ma robe de chambre. Au fond de l'entonnoir d'étoffe, heureusement, un butoir, la ceinture autour de mon estomac qui est là pour l'arrêter. C'est dingue ! Des pas qui crissent sur le gravier devant la maison et la voix de Manon :

— À qui tu parles ?

Après quelques bredouillis, j'improvise :

— Euh, je parlais avec l'imprésario du merle qui est dur en affaires. Tu sais, au sujet du récital, demain sous nos fenêtres. Le cachet qu'il demande, je te dis pas, c'est dément !

J'extrais ma proie toute chaude et la pose sur ma main bien en évidence :

— Vois toi-même, c'est une habitante de Sirius venue nous faire une visite en passant, une acrobate miniature.

— Demande-lui donc si, vu de chez elle, tu ressembles à un homme sérieux encore à jeun.

L'acrobate n'est pas d'accord. Elle toise l'énorme bête qui la soutient :

— Je suis normale, moi. C'est vous qui êtes ridiculement grand. Grand, tenez ! comme les reptiles fossilisés retrouvés sur Sirius.

Difficile de lui avouer que je suis petit à l'intérieur. Je traduis pour Manon : « Tu entends, elle me traite d'inadapté. » Me parler sur ce ton, à trois centimètres de l'abîme, c'est de l'inconscience.

MANON : Elle a raison, tu fais partie d'une espèce inadaptée, celle des gens qui voient des Siriens sur leur descente de lit.

Serait-elle aveugle ? Je saisis la miniature par les jambes, je l'agite en tous sens. Moi, dominant ses cris de souris :

— Tu entends comme moi, ces choses-là parlent et gigotent. À ton avis, qu'est-ce que ça peut bien être ?

MANON, *plissant les yeux* : À mon avis, tu tiens là une bonne idée de roman, Surtout, ne la lâche pas !

Elle hausse les épaules et rentre dans la maison.

— Vous êtes trop petite. On ne vous voit pas. C'est l'indifférence, l'esprit de routine qui rend les humains aussi myopes.

LA SIRIENNE, *qui suit son idée* : Faites-moi lire votre prose, comme convenu.

Son insistance est flatteuse. Avant de descendre à la cuisine, je vais la déposer sur mon bureau à côté d'un cahier à spirale ouvrant sur des griffonnages et… un grand vide.

***

Tu es bien le seul, Jérémie, à qui je puisse raconter ça. Maman ne peut pas croire une seconde qu'une partie de chasse puisse bifurquer vers les confins de l'univers. Et Zaza est bien trop petite. Mon voyage n'a pas eu d'autre témoin que Platon et Elle (c'est comme ça que j'appelle la Sirienne, son vrai nom est imprononçable) ; à le répéter, j'attrape des crampes à la langue. Alors, hein, Jérémie, que cela reste entre nous.

J'emmène souvent Platon à la chasse. Il jappe en agitant son fouet, il renifle les touffes, il pisse dessus. Je le suis déguisé en chasseur, usurpant une qualité que Manon considère comme un défaut. Pour faire plus vrai, je porte un fusil sur l'avant-bras, culasse ouverte. Sa gueule ne menace que les mottes. La dernière fois, Platon a levé une bécasse sans le faire exprès. Elle s'est envolée dans ma ligne de mire. J'ai pris tout mon temps pour la rater. Moi, je n'ai peut-être pas de nez, mais toi tu n'as pas le coup d'œil, m'a fait Platon, en souriant de toutes ses dents. J'ai montré les miennes : « Tu n'es qu'un bon à rien de chien de salon. Je vais soigner ta réputation, tu vas voir. » Manon pratique l'attaque indirecte, elle traite ce pauvre Platon de serial-killer, le menaçant de terribles expiations dans l'enfer des chiens, et aussi l'ironie cynégétique, du genre : « J'ai acheté du lapin surgelé, on ne sait jamais ! ». Elle sait parfaitement à quoi s'en tenir sur mes capacités de chasseur. Mes voisins me conseillent de prendre un chien plus compétitif. Avec sa bonne bouille, Platon n'a que des amis, même parmi les animaux. « À huit ans, que veux-tu Jérémie, c'est déjà un papy-chien, Platon. »

La Sirienne est réticente :

— C'est inutile : il nous suffit, à nous les Siriens, de penser au voyage pour voyager. Dès que vous songerez à moi, j'apparaîtrai.

— Oui, mais moi, pauvre humain j'ai besoin de voir de mes propres yeux. Emmenez-moi dans votre pays, vous me ferez visiter.

Elle hésite. Pour mieux la convaincre de l'agrément, je lui fais visiter la profonde poche pectorale de ma veste de chasse. Elle y est, enfoncée jusqu'à mi-corps, balancée au rythme de la marche, maharani sur son éléphant.

La première chose que j'ai vue hier, en m'asseyant à ma table de travail, c'est un minuscule cardigan rouge coiffant un tube de colle blanche, le sien. À mon appel, elle est sortie d'entre les pages de mon manuscrit avec une aisance d'ectoplasme, emperlée de transpiration, le souffle court. Du sable s'est répandu sur le bureau quand elle a tapé des pieds. Pas contente la dame : « C'est irrespirable là-dedans ; des mots, des montagnes de mots à parcourir ; derrière chaque chaos, un autre, on se tord les chevilles à chaque pas, des galets roulants mais aussi de la caillasse coupante. Des rouges, des ocres, pas de verts ni de bleus ; ni eau ni rosée, rien que de l'aride. Parlez donc de ce que vous connaissez ! En voilà des inventions sur les Siriens, un tissu d'inepties ! »

Moi, j'ai fait crépiter de grandes phrases sur l'invention qui est un devoir et le droit d'imaginer propre aux humains et sans aucun doute aux Siriens. Elle a enfoncé mes défenses d'une voix unie, sans même une faille pour respirer. Sur Sirius, on n'écrivait que des programmes d'ordinateur. Les aventures, on essayait de les vivre. Et l'on partageait la richesse des autres en lisant directement dans leur pensée, c'était simple. « Votre mémoire est un dédale enfumé par des torches à huile. » Du doigt, je lui ai donné une claque sur les fesses. Défense d'entrer, que je lui ai dit. Apprenez-moi tout sur Sirius et je vous pondrai un roman naturaliste.

L'idée de la partie de chasse vient d'elle. Selon elle, le chemin de l'étoile passait par les champs. C'est du moins ce que j'ai cru comprendre. À tout hasard, j'ai emporté mon carnet de notes.

Elle me guide. Une très longue balade jusqu'au pied de la montagne J'en profite pour me documenter, je l'abreuve de questions. Elle m'accable par ses vantardises sur les Siriens qui sont comme ceci, sur les Siriens qui sont comme cela tout en restant très vagues dans le concret, finalement. Si elle était venue jusqu'à nous, transportée à la vitesse de la pensée et non propulsée comme nous par de ridicules fusées, il allait lui falloir pour retourner chez elle en ma compagnie, supporter un grand chambardement : « Attendez un peu vous aller voir de quoi il s'agit… »

La pente, douce au début, se raidit vite. Platon loin de mes spéculations, sinue la truffe au ras du sol, faisant de courtes pauses pour renifler les trous, les fissures, les replis odorants. Le roc est là, sous-jacent. Sa présence est encore invisible au début de la montée. Elle devient plus proche au fur et à mesure que la couche de terre s'amincit. De courtes lames de pierre, nageoires de monstre, déchirent l'épiderme végétal. L'ossature souterraine affleure. Loin dans les hauteurs, le vert des prairies se tavelle de pierraille, la terre grisonne, les arbres, plus rares, s'économisent. Plus haut encore, des archipels de plaques d'herbe sur une houle de rochers, qui s'épuisent vite, cédant la place à des tapis galeux de mousse argentée formant couronne autour du sommet, là-haut, un triomphe de pierre noire où rien de vivant ne surnage.

La montagne est en forme de doigt. Elle saille en biais dans une plaine molle. Une heure de montée qui amène à un promontoire dominant un damier de champs. Dans le lointain, deux autres montagnes pareillement plantées en oblique. Sous le manteau, dans les profondeurs, on imagine qu'elles viennent se rejoindre, doigts d'une main géante presque enterrée, qui tient empaumée une région tout entière. Si, si, c'est vrai, tu n'as pas remarqué, Jérémie ? D'ailleurs, c'est dangereux d'aller jouer là-haut, tout le monde te le dira. Prudence, sinon gare ! comme tu vas le voir. À partir d'une certaine taille, il faut se défier même des métaphores. Regarde ma grande main planant au-dessus de tes joues.

***

Je suis assis sur un rocher, à mi-phalange, disons, agaçant des fourmis d'une brindille. Platon furète. Le sol a bougé. Presque imperceptible ; juste un frisson à fleur de peau, comme un résidu d'une convulsion lointaine. Et puis, tout de suite, un roulement sourd montant des profondeurs, la montagne qui se met à vibrer, trépigner ; avec des spasmes à faire tressauter les cailloux.

Vertige, me voilà à quatre pattes ! Une force m'écrase contre le sol, m'imprime dedans. Le vent se lève, enfle, gifle. Je comprends à présent : la montagne est en train de s'élever, de s'extirper de la plaine, oui, mon garçon, et le ciel qui bascule, sang bleu menaçant la terre, prêt à déferler. Et dessous, que se passe-t-il ? Après deux essais manqués pour me redresser, je renonce. Je me traîne jusqu'à l'amorce de la pente dépourvue d'obstacle et je me laisse rouler sur moi-même. À chaque tour, la perspective s'agrandit vers le bas…

Quelques minutes ont dû s'échapper par mégarde de mon sablier. Je me retrouve loin en aval sur la pente, bras tendus pour bloquer le mouvement. Loin, très loin au-dessous déjà, la plaine s'enfonce dans une lumière blonde. Les secousses reprennent. Quoi encore ! Redressé sur les coudes, je regarde vers la base du doigt. La montagne a pivoté, s'est redressée, mufle sous-marin goulu d'air, tout baveux de limons. De nouveau des convulsions violentes. La montagne s'exhume, le ciel se rue vers nous, on va se cogner dedans si ça continue, et pour tout pansement sur nos bosses, quelques cumulus ouatinés d'un blanc sale.

La plaine qui recule à toute vitesse, vers les deux autres montagnes qui pareillement se sont cabrées. Très loin au nord et au sud, deux nouveaux massifs jusque-là invisibles ont perforé l'étendue et partent à l'assaut du ciel. Cinq doigts de pierre, comme des socs de charrue, labourent le pays, émiettant villes et villages. Tout saute et s'éboule ; châteaux d'eau qui pleurent, forêts en armes qui s'abattent, tours-dortoirs qui se couchent, farandoles de véhicules en plein vol, de loin bibelots toussant feu et flammes, des marmelades de chaumières mariant leurs bétons, les banlieues à cœur ouvert… Des humains là-dedans ? Mais non, rien que des fourmis inaudibles. Au loin s'enfonce la terre de mes aïeux.

***

Quand je rouvre les yeux, il n'y a plus rien d'autre à voir que les cinq pics dominant un vaste plateau couvert d'épaves. La main immense, une arche lancée en plein ciel, grande comme un département. Vers Sirius ? personne ne répond. Où est-Elle ? je ne la vois plus. Et Platon, où il est Platon ? il a disparu aussi…

« Comment ? tu as perdu le chien ? » Dans les yeux de Jérémie consterné, je sens comme un reproche. Mais non, que je suis bête, le voilà qui galope. Allons, Platon, ôte-toi de mes jambes, tu vas me faire tomber, c'est bien le moment ! Le fusil et les cartouches se sont envolées dans le tourbillon. « Elle » réapparaît, sortant de la poche où elle s'était rencognée. Elle a fait pipi de frousse et devient toute rouge quand je m'en aperçois. Nous voguons dans le provisoire.

— Où allons-nous ?

ELLE, *avec assurance* : Vers Sirius, tiens, comme promis !

Propulsés par quoi ? Du doigt, elle me montre une colonne épaisse coulissant en oblique hors d'un énorme cratère. Tout est logique : la main est au bout d'un bras et ce bras, c'est celui d'un géant troglodyte, un cyclope qui va sortir du ventre de la terre en rouspétant.

Une nouvelle secousse du doigt. Je prends mes jambes à mon cou, je galope sur la pente nue, autant qu'on peut le faire avec un début de ventre et des poumons enfumés. Quelle chaleur ! Les champs semblent toujours aussi loin. Par moments, il y a comme une brume rose qui passe sur la blessante netteté de leurs contours, la verdure se givre.

Soudain, sans transition, j'entre dans une prairie foisonnante. Les hautes herbes s'écartent ; pas la pierre qui me fait trébucher. Je tombe en avant au ralenti. Ça tombe bien, Jérémie s'est endormi.

Une autre grande secousse : quoi encore ! Je me relève sur les coudes pour mieux voir… les montagnes qui rapetissent ; de plus en plus ; elles s'escamotent. Grands menhirs, cercle magique autour du monde civilisé, puis simples bornes et, pour finir, plus rien.

Je me retourne. La longue pente, que j'ai dévalée tout à l'heure, n'existe plus. Au-delà du champ, rien que l'immensité du ciel. Cramponné aux racines, aux touffes d'herbe, je regarde par la trouée d'une haie s'éloigner la grande main. La partie inhumée est visible à présent, avec son socle tabulaire épais et ses…

Coup de ciseaux dans l'imaginaire. Jérémie, les détails descriptifs le rasent. De l'action.

Je résume, voilà c'est très simple : le géant est un lanceur de poids. Il m'a envoyé en l'air, moi et mon environnement et hop ! il est rentré au vestiaire après le lancer. Le squelette osseux de la plaine a fini par apparaître dans son entier. Avec l'éloignement, il s'est réduit à la dimension d'une main, tu comprends. Dessous, on devine le bras propulseur, un interminable tronc noueux. Pendant que mon navire sans timonier cingle vers une destination inconnue, le bras se rétracte et les doigts largement écartés semblent dire adieu.

Tiens ! mais qu'est-ce que je vois, tout en bas ? Zaza qui montre ses quenottes. Et Pauline qui saute en l'air, ta cousine Pauline avec ses bas blancs, ses dents baguées et ses nattes qui dansent. Oh ! et puis voilà Jérémie aussi, qui shoote dans la balle, et qui baille ; il a sommeil. Hou-hou ! je suis là ; tu me vois tout là-haut ?

Cette histoire de géant lanceur de mottes, Jérémie trouve que c'est débile, juste bonne pour les tout petits à la rigueur, pour Zaza. Il préférerait de beaucoup la variante où ce serait une super-fusée cachée dans son silo souterrain qui serait mise à feu par mégarde alors que le couvercle est encore fermé et qui arrache le paysage tout entier, poussée par le tonnerre de ses boosters ! Ce serait mieux. Attends un peu la suite, mon garçon, tu vas voir !

***

Je suis loin, loin, tu n'imagines pas, Jérémie ! De la terre, il ne reste qu'une tache de lumière dansant au milieu d'une voûte en fleurs et d'une foule d'images et de souvenirs. Je me délecte à l'idée que le monde, en restant en arrière, enchaîné à ses lois implacables, perd de sa consistance, qu'il tombe à ma merci. Vu d'ici, déjà, plus personne ne peut croire que sur ce minuscule grain de lumière il y a un vivier et un champ d'épaves. Moi seul, je peux l'empêcher de crever tout à fait en racontant partout qu'il existe bel et bien.

Tu vois, Jérémie, la Terre, c'est une balle. Regarde, hop ! magie-boulie-goulie… plus de balle ! Jérémie comprend très bien. Il est au centre du monde. Ce qu'il ne voit pas cesse d'exister. Reprenons.

Je me trompe, un bruit de moteur. Je trotte vers la lisière du champ en levant haut les genoux. Tu devineras pas, Jérémie, une moissonneuse-batteuse, si, si… qui fonce, maintenue à grand peine sur une route étroite et bombée, par un homme sec en T-shirt noir, qui s'arrête juste le temps de me dire qu'il se dépêche d'aller moissonner avant la pluie. Autant dire avant la fin du monde, vue la tournure des choses. Une voiture le dépasse avec fureur. La vie continue, les deux fous s'éloignent ; la terre amputée aussi, avec toi et Zaza et maman, mais sans Platon ; Dieu merci, mon chien est avec moi sinon, j'aurais peur…

Curieuse, cette coupure dans le ciel étoilé. On dirait comme une ouverture donnant sur une nuit d'encre, loin devant, façon trappe de visite dans une voûte de planétarium. La motte de terre, où je suis, pique droit vers l'ouverture. Qu'est-ce qui se passe ? voilà que la chaussée cède sous mes pieds. Je me retrouve enfoncé jusqu'aux coudes, à gigoter des jambes ! Je m'extirpe du trou pour y mettre l'œil. Effarant ! le ciel commence juste de l'autre côté. Sans que je m'en rende compte, la coque de mon navire céleste s'est rongée. Une vraie débâcle, le minéral qui retourne à l'état sauvage ! Ça va très vite, trop ! me voilà unique occupant d'une petite parcelle, avec une vache là-bas sous un pommier et, tiens ! un coq devenu veuf arrivé on ne sait d'où et qui se désole.

Et Platon, toujours là ?

Et Platon, bien sûr, Platon est là qui court de long en large en aboyant. Parce qu'il voit venir un canot de sauvetage tournoyant et un étrange équipage. Sur deux bancs parallèles, quatre rameurs qui trempent dans le vide des branches de saule. Deux souquent dans un sens, deux, à contresens. Leurs rames s'emmêlent, ils s'engueulent. Dans l'intervalle entre les deux bancs, un bellâtre costaud tenant une lance debout à côté d'un canapé où se prélasse une blonde lascive dont les cheveux vrillent autour d'un pied du siège. Courage les Achéens, que je leur glisse au passage, vous menez six à Troie ! » Le canot s'éloigne en tanguant et bientôt je le perds de vue.

Tu dors Jérémie : ça tombe bien. Par ici, rien ne se raconte au présent. D'ici à demain soir, à la vitesse où je vais, j'aurai des tas de choses nouvelles à raconter…

***

Bon, je te fais grâce des détails. Depuis hier au soir, j'ai franchi l'ouverture dans la voûte. Au-delà, c'était la nuit noire. Longtemps après en regardant en arrière, le carré de ciel qui s'éloignait, j'ai fini par réaliser que j'étais passé entre les barreaux d'une grille… fermant une grosse boule chauve. Même que c'était un crâne ! oui, Monsieur, un crâne, une vraie tête sur les épaules d'un vrai bonhomme assis…

Je prends la pilule que Jérémie doit avaler au coucher. J'en fais une arche. Dessus, il y a mille petits bonhommes, dis-je. Jérémie approuve en souriant. Il les voit. Je la pose sur son crâne et je commente en direct la sortie de l'arche hors de Jérémie. Il la suit des yeux tandis qu'elle évolue entre mes doigts dans le ciel de sa chambre. La voilà qui se rapproche ; droit devant, un gouffre immense et noir, bordé de huit dents. À bord, c'est la terreur. Rien ne peut les sauver. La pilule disparaît dans la bouche au milieu des clameurs désespérées. L'enfant distend la bouche. Une cataracte d'eau (sortie d'un verre) balaie le précipice sur toute sa longueur, entraînant l'arche. Quel horrible destin ! c'est géant !

Oui, un vieux bonhomme, qui se tient la tête dans les mains et ferme les yeux. Il a l'air de souffrir. Dans son crâne, tu imagines, l'univers tout entier. Avec moi et le chien… Le bonhomme a bien rapetissé. Je mets mes lunettes. Il soulève avec effort la grille en haut de sa tête. Un filament de lumière apparaît au fond de la nuit ; on dirait une courte flamme échevelée par un courant d'air. Je finis par distinguer deux ailes qui battent. C'est un oiseau qui s'approche, venant de l'infini, droit sur le bonhomme. Il descend en vol plané vers l'ouverture dans le crâne et se pose sur son bord après plusieurs ricochets. Il se dandine en examinant l'intérieur, et soudain, plonge son bec à l'intérieur. Avec effort, il extirpe une grosse becquée et l'avale. Sans s'attarder, il repart par où il est arrivé. Le bonhomme laisse retomber ses mains. Son visage se détend. Il ouvre les yeux.

Comme je suis loin, comme j'ai grandi ! L'homme trépané est réduit par la distance à l'état de miniature. Surtout par comparaison avec le fabuleux bambin qui s'approche en sautillant. De ses poings mal serrés, s'échappent des petits bonhommes semblables au petit vieux d'où je sors. Avec Platon, précise Jérémie. Avec le chien, bien entendu. Ce sacré chien ! Toujours dans mes jambes, c'est agaçant à la longue ! Lentement, ils tournoient ; le bébé au passage, leur donne des pichenettes. Il s'approche d'une balle multicolore de la taille d'une planète et presque aussi grande que lui. À présent, je suis immense comme l'univers et mon extension se poursuit. Ma terre natale est une infime poussière. Dans l'œil du marchand de sable. Dans les miens ; que j'ai sommeil tout à coup. Bonne nuit, Jérémie.

***

À mon réveil, je me retrouve au milieu d'un chaos de petits monticules luisants qui, avec beaucoup de recul et des yeux qui ont grossi, se révèlent en fait être de simples mottes de terre. Un météore gros comme une maison s'écrase au voisinage avec un bruit de détonation. Il saute dans ma direction. Après quelques rebonds mous, il vient buter contre la motte derrière laquelle se suis tapi, et, ouf ! il s'arrête. Le bébé cosmique d'avant le sommeil a beaucoup rapetissé. C'est devenu tout bonnement une géante replète vêtue d'un maillot et d'un pull trop court, qui se retroussent sur son ventre rond et sa pleine lune, et d'un bibi tenu par une mentonnière en dentelle.

Je n'ai pas le temps de rire. La montagne bipède sautille dans ma direction et se penche pour saisir le météore. Une voix aiguë déchire l'air. Elle provient d'une ouverture rectangulaire découpée dans une sorte de falaise à l'arrière-plan. Une géante adulte, de taille fabuleuse y est accoudée. Elle hurle :

« Bastien, va donc voir, Zaza est encore dans tes semis. Si on ne récolte que des pierres, c'est toi qui les mangeras ! »

JÉRÉMIE : C'est Papy Bastien ?

Un colosse se dresse par-delà une rangée de plantes grandes comme des cèdres. J'entends sa voix caverneuse :

« Zaza ! sors de là sinon je te mange avec du sucre. » S'adressant à sa congénère de la falaise, il ajoute : « Les enfants de mes enfants sont TES enfants. »

Trois enjambées longues comme des piscines olympiques, lui suffisent pour rejoindre la grande fautive. Le bébé mugit de surprise lorsqu'il est soulevé de terre et il envoie une ruade qui m'atteint en pleine poitrine. Je tombe à la renverse en poussant un cri. « C'est toi, ma petite chérie, qui pousse des cris de souris ? » gronde le géant en tapotant le derrière du bébé. Il la hisse sur ses épaules. « Ta mère croit que les enfants poussent tout seuls dans les potagers de pères-grands, comme des cailloux blancs. » Il plie les genoux, et catapulte en l'air l'énorme bambin qui gigote. Juste au-dessus de moi. S'ils trébuchent, je suis mort. « Tu ne fais pas pipi, hein ! … On va au tas de sable. Ah ! ton ballon, emmenons-le ! »

JÉRÉMIE, *en ronchonnant* : Pourquoi que c'est tout le temps Zaza qui y va chez Papy-Mamie ?

Le colosse s'accroupit et ouvre un vrai godet de pelleteuse pour empoigner la sphère multicolore. C'est alors qu'il m'aperçoit et se penche en avant. Le bébé perd l'équilibre et s'accroche à la couronne de cheveux de son colossal grand-père. Il pousse un barrissement :

— Aïe ! Lili, regarde ce que j'ai trouvé… (il me saisit entre le pouce et l'index et m'élève jusqu'à la hauteur de ses yeux)

Tom-Pouce, à première vue, une créature venue d'ailleurs, un gadget inconnu, je ne sais.

LA GÉANTE *au loin* : Je ne vois rien… fais voir ? en voilà un diagnostic ; pince-toi !

La pichenette que m'envoie le papy me fait l'effet d'un coup de bélier. Je proteste, tu penses : « Respectez au moins mes cinq cheveux gris, si vous en êtes capable ! » Malgré mes protestations, on me classe comme merveille de l'électronique, comme ordinateur bipède. C'est l'occasion pour les colosses d'une remise en cause.

ELLE : As-tu jamais fait quelque chose qu'un robot dernier cri ne puisse pas faire ?

LUI : Oui, je peux tout à la fois compatir aux maux de mes patients et gagner ma vie ! *coup de griffe en retour* Et toi, qu'as-tu fait, toi, à part mettre au monde deux chameaux dont la sobriété sentimentale à l'égard de leurs parents est stupéfiante ! Je ne serais pas étonné d'apprendre que ce bipède a aussi le sentiment d'exister. Prends ta loupe et viens saluer notre frère inférieur.

JÉRÉMIE : Dis, Papa, où qu'ils sont les chameaux de Mamie ? J'explique que les géants, ils aiment à s'envoyer des méchancetés pour de rire. La mamie est descendue dans le jardin et s'approche. La terre tremble, tout cède sous ses pieds broyeurs. Elle me fait avouer que je sors d'entre les mottes et me classe d'autorité parmi les mulots qui parlent. Comme je râle, arguant de ma qualité d'être humain, petit certes mais ce n'est pas une raison… elle me propose un test en apparence objectif :

— Toi, être humain ? Laissons au chat le soin d'en décider, lui sait faire la différence. Si tu finis dans son estomac, tu sauras ce que tu es. Je fais confiance à son jugement.

C'est imparable. J'essaie de reprendre l'avantage en invoquant le respect que l'on doit à toute forme de vie, l'écologie est aussi à la mode, chez les géants, non ? En vain, la mamie n'écoute pas :

— Minou, Minou, viens manger la souris, allons viens ! »

Un chat de trois mètres de haut apparaît au coin de la falaise. En m'apercevant, il dévore l'espace en quelques bonds, me forçant à me réfugier derrière le talon du géant. Je cède et déclare être souris, à temps pour être arraché aux crocs du chat qui claquent dans le vide. La mamie triomphe avec modestie.

— Soit, renonce à être mon frère, souriceau, et tiens des propos sensés

JÉRÉMIE : Est-ce qu'il peut me manger le chat de Papy ?

MOI, *rassurant* : Mais non, c'est un chat américain de la côte est, démocrate et bien élevé. Tout à fait remarquable, d'autant qu'il parle le français sans le moindre accent.

Jérémie est rassuré même s'il ne comprend pas tout. « Et Zaza, est-ce qu'il peut la manger le chat de Papy ? Et où il est Platon pendant ce temps-là ? » Euh ! je réalise un peu tard qu'il est plus prudent de s'embarquer dans une histoire avec une distribution restreinte.

***

Les géants feraient bien de méditer sur le caractère provisoire du pouvoir. Papy Bastien, Mamie Lisbeth et la grande Zaza ont perdu tout prestige à mes yeux. Par une croissance irrésistible, je les ai rattrapés et dépassés. Par rapport à moi, ce ne sont plus que des souriceaux, tout rikiki, que d'un seul coup de pied, si je veux, je peux les catapulter loin de leur jardin et les livrer aux fantaisies cruelles du hasard. Je retiens Platon par le collier, lui, si diplomate d'habitude, il serait capable de les bouffer. « Tu veux que je les balance en l'air, Jérémie ? » Il sourit, savourant en silence la licence que lui accorde le conteur de bafouer l'autorité.

Je me retrouve dans un lieu inconnu. Devant moi, une allée sablée jalonnée de tilleuls. Des bruits de lutte derrière moi. C'est un garçon à deux têtes qui s'envoie des coups de poing dans l'estomac, arrache sa chemise et tire tantôt une chevelure, tantôt l'autre. La haine se lit sur ses visages. Les deux bouches lâchent des insultes. Le motif de la discorde : apparemment c'est le corps commun dont l'autre doit être exclu ; pas prêt de s'arranger, cette affaire. « Tu sais Jérémie que tu as de la chance d'en avoir un pour toi tout seul. »

Le thème lui plaît ; va pour l'intermède. Et le bras gauche de Jérémie qu'il a pour lui tout seul, et le bras droit, les jambes, la tête, etc., tout y passe. Avec des variantes minimes, je repasserai le même plat trois soirs de suite. Jérémie ne veut plus se quitter.

Je demande aux garnements la direction de Sirius. Platon montre les dents. Vers le couchant, dit une bouche, vers le levant, dit l'autre. Je finis par comprendre qu'elles sont d'accord. C'est non-Sirius qui est à l'est. Va pour l'ouest ; d'ailleurs c'est la direction qu'on prend pour aller à l'école. Jérémie approuve, il aime l'école. Le partisan de Sirius accuse son ennemi intime d'avoir fait mourir sa mère en refusant de sortir de son ventre. « Je suis coincé ici parce que ce… » Jérémie insiste pour connaître le gros mot que je censure. Il se contente d'imbécile. Il veut dire par là qu'il n'aime pas les voyages. Je est un autre détestable.

Vers Sirius donc ! Sortant de la voûte de feuillage, apparaît un bâtiment tout en longueur. Sur son pignon, une porte d'entrée. Au-dessus du linteau est perché un rapace noir au bréchet saillant comme une proue de bateau ; ses yeux exorbités sont dardés sur moi. C'est le cerbère. Il me refuse l'entrée sous prétexte que je ne suis pas assez nombreux.

« L'accès de l'établissement est réservé à une élite, ceux qui ont cent vies, sans faim mais pas sans soif. Si je devais ouvrir à toutes les poussières que le vent roule devant ma porte, faudrait engager une femme de ménage. »

Rire rouillé. Le lent abaissement de ses paupières réduit ses yeux à deux fentes lumineuses. Je dois le convaincre que je suis moi mais aussi un non-oiseau, un non-chien, le père de Jérémie, celui de Zaza, le conjoint de leur mère, le fils, le cousin, l'oncle… et que le compte est bon si l'on fait le total. L'oiseau consent à ouvrir. Je lui laisse le dernier mot :

— Je vous prends tous avec le chien. Si vous crevez, vous irez nourrir mes roses et mes poireaux ; ils vous aimeront !

***

Jérémie est endormi. J'en profite pour vous raconter mon entrée, dans cette sorte d'hôtel sélectif, une histoire farfelue. Je ne sais trop pourquoi le concierge m'a mené à une infirmerie. Les occupants ne nous attendaient pas. L'infirmière était adossée contre un mur, blouse ouverte et un ours muselé s'appuyait lourdement contre elle, les deux pattes de devant sur sa poitrine. À mon entrée, ils se sont séparés. La fille a refermé sa blouse. J'ai eu le temps de voir sa géographie tout entière. Quelle horreur ! une large tache de sang lui éclaboussait le ventre.

MOI, *à mi-voix* : Vous avez vu, elle se bat avec un ours !

LE CONCIERGE : C'est pas un ours, c'est un médecin.

— C'est un ours-médecin, alors ! Un ours savant, disons. Vous avez engagé un ours comme toubib ? vous n'êtes pas regardant sur le personnel. Et il soigne bien au moins.

— Pas à se plaindre. Vous n'avez jamais vu d'ours dans une infirmerie ?

— Si, mais pas avec une muselière, une épaisse fourrure, des griffes... mon Dieu, vous avez vu comme il l'a esquintée, la fille !

— Mais pas du tout, c'est une tache de naissance qu'elle a !

— Une tache de naissance, mon œil ! Quel stoïcisme de sa part, tout de même !

— Que voulez-vous, il est devenu un peu ours avec tous les malheurs qu'il a eus.

— Lui, en tout cas, il est vraiment ressemblant.

À eux trois, ils m'ont couché sur une table et l'infirmière s'est vengée en me seringuant le bras. Et plouf ! je me suis endormi...

Ah ! oui, où j'en étais resté, Jérémie ?

— Pourquoi que ton œil il est tout bleu ?

— Tu sais, les voyages intersidéraux présentent parfois de réels dangers.

Durant ton sommeil, la nuit dernière, je suis rentré sur Sirius avec Platon. Sirius, c'est du moins ce que je croyais. J'ai été accueilli par un barbu à lunettes noires très agressif qui prétendait me faire entrer de force dans une infirmerie. Il m'a empoigné et moi je me suis défendu, forcément, hein ! tu connais ton père ; et Platon l'a mordu aux mollets. Mais des renforts sont arrivés et j'ai succombé sous le nombre. Ils m'ont fait une piqûre et je me réveille à l'instant. »

Je continue. Personne dans l'infirmerie. Je sors en douce. Un peu plus loin, c'est une chance, je trouve un ascenseur. J'entre avec Platon, la porte se referme, une trappe s'ouvre sous mes pieds. Me voilà tombant… dans un tube, une manche élastique qui se dilate à mon passage. Horreur ! l'ascenseur est une bouche ; je dévale l'œsophage du rapace ; en bas, c'est sa fabrique d'engrais pour les rosiers, que je me dis. La paroi est visqueuse. J'ai beau gesticuler, je tombe, je tombe…

Devine la suite Jérémie : j'atterris sur un tas de briques en vrac ! Mes cris de douleur attirent une grosse femme qui, sans égard pour mes blessures, me mène vers son bureau.

Elle me demande ce que je fais là, en m'examinant des pieds à la tête par-dessus ses lunettes.

— Vous avez pas lu le panneau ? C'est pourtant écrit en grand que c'est interdit de prendre le tube de service. C'est malin ! Vous avez une réservation ?

— Quoi, quelle réservation ?

— Pas de réservation, vraiment ? C'est pourtant obligatoire pour pénétrer dans l'établissement. Votre passeport ?

— Euh non ! mais j'ai ma carte Vitale…

— Votre moyen de transport ? Comment ? Une main géante vous a lancé jusqu'ici ? Intéressant ; mais vous n'êtes pas le premier que je vois en route pour Sirius, qu'elle me fait Non, vous êtes seulement le premier avec un chien ! Il est vacciné au moins votre clébard ?

Elle me sort une facture astronomique pour la nuit, TVA incluse exactement comme dans un hôtel. Pour le paiement : liquide ou carte bancaire ? On nage dans l'absurde. Pourtant je ne rêve pas, regarde, mes genoux sont tout écorchés Je fais l'idiot.

— En attendant, descendez à la piscine, qu'elle me dit.

Je m'avance le long d'un couloir arrondi. Des arcs-boutants sont appuyés sur son flanc droit. Ils s'incurvent vers le bas, vers une charpente dont on devine les couples et les membrures sous le plancher à claire-voie dans une pénombre éclairée de loin en loin par des yeux de lumière chiche. Je fais basculer un panneau carré découpé dans le plancher, dégageant l'accès à un escalier sombre. Sans bruit, je descends jusqu'à une salle basse encombrée de placards. Je vais pour continuer vers le tréfonds par d'autres escaliers mais un homme en tricot rayé m'en empêche. Il me refoule en bredouillant. Les bras tendus, il rame avec lenteur comme pour maintenir rassemblés une procession de canards.

***

Retour à l'étage au-dessus. Là-haut, une ombre gigantesque obstrue à moitié le couloir. Mon nez arrive à la hauteur de son sternum, là, tu vois Jérémie ?

Je me tambourine sur la poitrine avec des grognements de bienvenue. Je réalise mon erreur. Le gorille est chauve et il hennit. J'apprends qu'il est maître-nageur et d'une espèce redoutable, je devrais dire maître-plongeur car son boulot, c'est de punir les récalcitrants en leur faisant faire trempette.

Comme Jérémie a bu la tasse à son dernier passage à la piscine, le méchant de l'histoire est donc tout désigné : un maître-nageur genre déménageur, avec une grosse voix qui fait peur.

Je m'éloigne à la hâte. Dans mon dos, je sens toujours sa présence. Un gros doigt me poinçonne l'épaule. En suivant son bras du regard, j'arrive à son menton en avant de péniche, son nez façon pare-buffle de train de Western et ses yeux durs abrités derrière une ligne ininterrompue de sourcils roux. Seules les narines bougent. Il me flaire. Je ne peux pas le sentir. Son verdict tombe, il faut que je le suive jusqu'au bassin où il compte m'apprendre l'apnée de longue durée, en une leçon !

Dans un renfoncement, une porte étroite surmontée d'un vasistas en demi-lune par où tombe une lumière frémissante. Je bondis vers l'issue. La porte est lourde, elle tarde à s'ouvrir. La grosse patte me rattrape avant que j'aie eu le temps de la refermer tout à fait derrière moi. En contrebas, une vaste salle. Mon irruption soudaine focalise sur moi l'attention de trois personnes qui se lancent dans un escalier en se bousculant pour arriver plus vite à ma rescousse. Le costaud bute contre un rideau de coups de pied et de poing ; Platon ajoute ses dents ; on me tire à l'intérieur par la boucle de ma ceinture. Je reçois une gifle perdue, un ongle m'érafle la joue mais l'énorme main finit par me lâcher l'épaule. Emporté par mon élan, je dégringole l'escalier jusqu'en bas.

C'est étrange, le sol est de verre incolore, le plafond voûté est à trente mètres au-dessus, supporté par deux rangées de piliers trilobés transparents qui traversent le plancher. Ils sont creux et remplis d'un liquide bleu qu'un flux d'air soufflé à leur base fait bouillonner. Une averse de bulles file vers les hauteurs portée par la lumière émanant des lampes immergées. Sous la dalle, une piscine pareillement bleue. C'est le palais du roi des eaux, une sorte de cathédrale culbutée dansant sur l'onde, qui offre son ventre aux regards. Point de naïade ni de triton en vue.

Plus personne. Un édredon de silence et, par accès, un tintement assourdi, une rumeur lointaine. Par un escalier étroit, je grimpe jusqu'à une galerie courant à quelque dix mètres au-dessus.

Un timide appel. Autour de moi, personne ! Qui se répète… me guidant vers une niche profonde dans le mur, et dans cette niche, devine qui ? Elle, la Sirienne, enfin, sa sœur jumelle, une miniature pareille aussi belle d'un noir d'ébène, celle-là. Je me tâte ; la poche-balcon de ma veste est vide. À quel moment l'a-t-elle quittée ? Je l'avais oubliée dans le tintouin du voyage. La nouvelle est toute nue, détournée pudiquement vers une coquille Saint-Jacques en plâtre, les pieds baignés par des vaguelettes solidifiées. À mon approche, elle croise les bras sur sa poitrine pour cacher deux boutons de rose. Je lui sors mon mouchoir à carreaux et lui démontre en un tournemain qu'entre deux nœuds en rosette, avec du plissé et du bien tendu sur les volumes, je peux couvrir l'essentiel de sa petite personne tout en la gardant élégante. Ce n'était pas la peine, qu'elle me dit. J'ai tout ce qu'il me faut. Je suis nue seulement durant mon service Elle me montre une minuscule armoire trapue dans un recoin qui se laisse ouvrir sans résistance. Surprise ! toute sa garde-robe est là, bien rangée : ses robes, ses chaussures, son peigne en onyx. À côté une horloge à mouvement perpétuel indiquant la date et l'heure sur Sirius.

« My name's Venus. » Elle m'apprend que les Américains et les Japonais ont débarqué ici depuis longtemps, qu'elle fait la statue de musée pour les touristes, des gens bizarres, qui regardent le monde à travers un viseur d'appareil photo, enferment leurs pensées dans des mots et leurs vies dans des romans, et qui gagneraient à ressembler à l'image qu'ils se font d'eux-mêmes.

« Descendez-moi de là et allons sur Sirius ensemble. » La miniature me pousse du haut des nues : cet endroit ce ne serait pas Sirius comme je le croyais ? Ici, c'est Quelque-Part et toutes les Siriennes que je pourrais rencontrer sont pareillement idéales. Elle et Vénus sont deux gouttes d'une même rosée, seul le colorant diffère. Est-ce loin encore, Sirius ?

Je l'installe dans la poche pectorale de ma veste et quand elle tourne la tête, sa chevelure me caresse la joue.

Je longe la galerie. Après avoir contourné plusieurs piliers de verre, je pénètre dans une absidiole sombre. Une lueur rouge attire l'attention sur une courte silhouette cuivrée, une sphinge toute ridée aux seins flasques, qui se tient assise sur un rocher luisant. Ses pattes de devant reposent sur un bloc de mica où se dessinent des arborescences noires. L'éclairage souligne sa musculature noueuse et, par contraste, la mollesse des joues, le menton noyé. Sur sa tête, un bassinet à gueule de lynx. Les yeux sont des braises qui, par moments, se cendrent, ce qui lui donne une douceur mélancolique. Je la dévisage sans détour. J'attends en silence qu'elle tourne par saccades la tête vers moi.

— Bon, alors… alors ?

— Attends, un peu de patience, Jérémie, laisse-moi écouter ce qu'elle va me sortir cette Pythie, c'est important de connaître la suite !

LA PYTHIE : Je ne pose pas de question, j'y réponds. La voix est synthétique, ses yeux flambent.

— Eh bien où suis-je alors ?

— Tu es dans le provisoire : courant, brise, les mots deviennent vagues, les vagues hésitent sur le choix des mots, la fuite de l'eau fait émerger les mains happeuses, les bouches rieuses. Tiens-toi loin du bord et fais gaffe au balaise ! (Long silence) Je fais les démonstrations. À toi de trouver l'énoncé du théorème. Si tu comprends ce que je dis, avance de trois cases. »

MOI, *très inquiet* : Je ne comprends rien. Je voudrais bien rentrer chez moi. Platon ! Mais où il s'est encore fourré ce sacré chien. Ah, te voilà. Dites-moi, Vénus, comment on recule de dix cases.

— En vous éloignant du malabar, tiens !

C'est ce que je fais. Vénus me donne de nouvelles preuves de l'aptitude des Siriens à lire le passé et l'avenir, en me racontant par le menu, le voyage depuis le lancement par la main à cinq montagnes. Mon futur, elle me le chante en sirien. Pour calmer mon agacement, elle m'apprend des mots dans sa langue. Des mots très beaux, impossibles à prononcer pour un gosier humain, c'est comme l'haleine de la nature toute picotée de chants d'oiseaux. Il y a des voyantes plus claires.

Ce qui m'épate, c'est d'entendre Zaza s'exprimer couramment en sirien dans le lit voisin. Ça fait comme une campagne au crépuscule. L'idée plaît à Jérémie. Longtemps après avoir éteint la lumière dans leur chambre, je les entends dialoguer tous les deux. En sirien !

Il n'a pas besoin de savoir Jérémie, que cette Vénus, la ranimeuse de mémoire, en dépit de son nom et de sa beauté, a un cœur en marbre et m'a tout l'air elle aussi, d'être l'auxiliaire obéissante d'une grande égoïste qui donne peu d'une main et reprend tout de l'autre.

Mon histoire continue sur sa lancée pendant que Jérémie dort. Peut-être est-il en train d'improviser dans ses rêves sur le thème du méchant costaud poursuivant l'innocence, lui pour de vrai, en direct. À chacun sa variante.

« Tu sais ce qu'il a encore fait le malabar, Jérémie ? » Je suis sur la galerie avec Vénus. Un claquement de porte soudain ; une vieille dame descend l'escalier aussi vite qu'elle peut en poussant des cris inarticulés. Elle est presque arrivée en bas des marches lorsqu'il fait irruption dans son dos. En deux enjambées, il l'a rattrapé, il la saisit par le col de son manteau noir. « Par ici la sortie », qu'il hurle. Sans ménagement, il la tracte derrière lui. La femme se débat, lui assène sur la tête de grands coups de parapluie.

— Lâchez-moi, entendez-vous, espèce de… Je n'irai pas me baigner, d'abord j'aime pas l'eau.

Un homme grand avec une tête minuscule couronnée de cheveux gris, traverse la salle à la hâte ; le fer de ses souliers cliquette sur la dalle transparente. Un brusque crochet, le voilà qu'il se jette dans un recoin obscur, en rejaillit brandissant une sorte de hallebarde, et se rue vers l'escalier. Le malabar s'est retourné un instant pour ouvrir la porte. Moi, je l'encourage en cognant du poing contre la rambarde : « Vas-y étend-moi ce salaud ! »

La vieille dame, elle, se cramponne des deux mains à la rampe. Le géant, quelle brute ! lui tord les poignets pour la décramponner. Le hallebardier déplie le compas de ses jambes et par de grands élans du buste, il se propulse vers le haut des marches. La hallebarde qu'il tient sous le bras, hoche de la pique. « Plus vite, vas-y, file-lui un grand coup, vise le ventre ! » que je lui crie.

Elle lâche prise et tombe à genoux pour mieux saisir les barreaux. Surpris par la résistance inattendue, le costaud jette des regards inquiets en direction de l'arme qui monte vers lui. « Allez, vas-y, entaille-lui la viande ! » l'encourage-t-on depuis l'étage inférieur.

Le grand maigre a pris pied sur le palier et il avance en moulinant des bras. Un tourbillon tranchant découpe le volume d'air en rondelles et grignote de nouvelles tranches en direction de la porte. Le costaud a laissé la vieille dame et se tasse contre la porte. Il s'accroupit et se jette sous la toupie qui brusquement s'incline vers lui. Du sang dégouline du haut de son crâne scalpé. Aveuglé, il fonce à quatre pattes vers la porte et plonge sur la poignée. Il la rate, son crâne vient heurter le battant qui trépigne sous le choc. À demi étourdi, il se ramasse sur lui-même, se couvrant la tête de ses bras, et regarde venir l'arme.

LA VIEILLE DAME *jubile* : Vas-y Georges, étend-moi ce dragon !

La toupie a beaucoup ralenti, son mouvement se dérègle, la voilà qui chancelle, qui monte à la verticale. Elle s'arrête un court instant, le temps que le destin tire à pile ou face la chute du scénario. L'assaillant épuisé, tombe à genoux et vlan !, la hallebarde vient se ficher dans le chambranle ratant d'un bon mètre le corps ramassé. Une main avide vient en aveugle gober la poignée de la porte. Le balaise épargné bascule de l'autre côté du seuil.

Pour mieux applaudir, je dépose Vénus sur la rambarde. Aussitôt, la voilà partie à faire des acrobaties, à se couler vers un barreau, à l'enserrer de ses bras, de ses jambes et à se laisser glisser à toute vitesse. Pas assez vite à son gré, puisqu'elle lâche la tige à mi-hauteur et chute sur le parquet ciré. Je lui épargne une pénible fuite à cloche-pied en la cueillant dans ma main. Du pouce, je masse sa cheville douloureuse. La brise que je lui souffle dans les cheveux sent par trop l'ail et le tabac à son goût et elle fait la grimace. « Vous êtes une brute, j'ai failli tomber dans le vide ! »

La Sirienne s'installe contre mon cou, adossée à mon col, les jambes allongées sous le revers de ma veste et m'empoigne les oreilles à deux mains. « Comme Zaza en promenade alors ! », commente Jérémie. Même sans mors, je suis sans mentir un cheval de labour idéal pour Sirien.

Me voilà dompté. Au passage, la vieille sphinge de sa voix grinçante me lance : « Pour la piscine, tu descends de la galerie. À droite ou à gauche, tous les chemins mènent vers l'avenir. »

En bas, on félicite encore le hallebardier. À pas de loup, je m'éloigne, guidé par Vénus. Penchée, vers mon oreille, elle me parle du costaud. pour l'excuser : « S'il avait trouvé l'amour, il serait moins brutal. C'est l'amertume qui en a fait un employé dévoué. » Et moi, de ronchonner : « Sa passion à lui, c'est la faucheuse de têtes, une grande amoureuse à ce qu'on dit, qui ne fait que des mariages de raison. »

« Prenez à gauche, l'ascenseur est après l'escalier vers la piscine », me glisse-t-elle. La porte couine en pivotant. La lumière frémissante de la salle plaque sur le sol du couloir une grande ombre indécise et une plus petite qui gigote et déplie des pédoncules de part et d'autre de la tête pour déceler la présence du danger.

J'oblique vers un couloir sombre et j'accélère. Soudain, devant moi, une trappe se soulève, libérant un faisceau lumineux et tout de suite derrière une tête paléolithique, celle que je redoute. Encore, lui ! Il me voit. Le panneau bascule avec fracas. Un torse nu tressaute hors du trou porté par deux jambes d'haltérophile.

Je me mets à courir. Derrière moi, un martèlement sourd. Au passage, je m'arrête pour secouer la porte de l'ascenseur. Sans résultat. Le galop n'est pas mon allure naturelle. Le deuxième souffle tarde à venir. Derrière ma tête, Vénus claque de la langue et me flanque des coups de talon sur le cou. Elle me dirige vers une grande porte sous une croisée d'ogives qui s'écarte toute seule à l'approche de mes doigts.

Dehors, un parc avec des pelouses de velours, des allées sinueuses, un mur hérissé de tessons de bouteille, un portail blanc que je franchis. Au-delà, un champ planté d'ailes de libellule plus hautes que moi qui s'aiguisent mutuellement en bougeant ; alignées ; elles font comme une double haie de faux crissantes que je traverse un peu inquiet. L'air sent le moisi. Derrière moi, bon sang ! des claquements de pieds nus ! Une courte descente, j'arrive jusqu'à un étang miroitant creusé d'ondelettes figées, de remous immobiles. J'aperçois un gué de rochers noirs parsemés de cloques laiteuses. Les jambes de pantalon pincées entre les doigts, je saute une à une à pas de clown les marches de cette marelle de pierres. La prudence m'a fait perdre l'essentiel de mon avance. Déjà, le balaise déboule dans la descente. J'entends des cris. Le miroir a crevé sous sa masse. Il braille en regardant ses jambes entaillées, enfoncées jusqu'aux genoux dans une eau fumante qui court sous la pellicule. Sur sa tête, une calotte de pansements, souvenir d'une rencontre récente avec une hallebarde. Je me moque de lui : « Avec tous ces pansements, espèce d'empoté, tu auras bientôt l'air d'une momie ! » Son répertoire d'insultes est très fleuri. Vénus réprouve.

De l'autre côté du miroir, le champ est en dévers. Je pars en dérapant sur un tapis d'ailes mortes, jusqu'à l'amorce d'un coteau tranché à vif par une ancienne carrière. J'escalade des strates chocolat, vanille et cannelle, en prenant appui sur des éclisses pierreuses jusqu'à l'étroit sommet qui porte un bosquet touffu.

La pente opposée mène en douceur à une vaste plaine où s'élèvent des tours, une foule de tours dans des loques de mousse et de lierre. L'horizon ne me semble pas assez loin pour les contenir toutes. L'immensité les fait paraître modestes. Leurs herses levées les rendent pacifiques, une jeunesse de fleurs danse à leurs créneaux. L'espace sans fin tue toute impatience. J'aimerais avoir du temps.

— Où suis-je ?, vous le savez ?

— Sur le chemin de Sirius, me glisse Vénus. Il passe par chez vous, en vous. Un continent de votre mémoire s'est entrouvert. Pas de temps à perdre, gare au balaise ! En avant !

Une femme vient d'apparaître au pied de la tour la plus proche, dans une chemise de nuit blanche très fluide. Elle s'éloigne. Plusieurs fois, je repasserai dans son champ de vision sans être perçu, tel une forme vide et transparente. Que fait-elle ici, seule ? Le visage est lisse, la démarche tranquille. Le léger souffle d'air indiscret qui souligne sa fine silhouette n'explique pas les convulsions de sa chevelure, des convulsions ophidiennes, à l'image de ses rêves peut-être. Elle s'éloigne. Je la suis à distance. Elle avance tout droit dans la plaine poussiéreuse, laissant derrière elle plusieurs tours pareillement accessibles et vides, avant d'obliquer vers une zone enneigée. Enneigée, vraiment ? C'est au moment même où elle y pénètre que je réalise : le tapis blanc est fait… de milliers de colombes !

Par gerbes, elles jaillissent sous ses pas lents. À chaque avancée du pied, c'est un jaillissement froufroutant. Suivi d'un mouvement rétrograde parfaitement symétrique, comme par une courte hésitation du temps, qui ramène les colombes à la même place. Et puis soudain, le tapis d'oiseaux entre en éruption, il se divise, s'émiette, et se reforme en un tourbillon instable évasé vers le haut, qui enserre la jeune femme de si près qu'elle semble s'y enfoncer. La tête détournée, elle s'avance au cœur de son pavillon d'oiseaux. Ses mains se tendent pour retenir la nuée hyperbolique dont elle est l'axe, le vortex neigeux déployé face au ciel sombre.

En apparence, la jeune femme les gouverne. Mais je me demande si au contraire, elle n'est pas leur proie. Les colombes viennent l'enlacer de leur douceur armée de becs et de griffes, puisant à son contact la chaleur pour mieux rebondir, dessinant sur sa chemise, sur sa peau, mille entailles, mille pointes de feu, au total, une grande fièvre rayonnante. L'étoffe est lacérée, elle devient charpie voletante. Des archipels de peau mate émergent par les déchirures. Les bretelles de la chemise cèdent, les lambeaux glissent avec lenteur. Elle se retrouve nue dans son habit d'oiseaux.

La jeune femme s'arrête indécise et me regarde sans me voir au travers du rideau d'ailes translucide. Elle murmure : « J'étais dans mon lit, bien au chaud quand tout à coup il a commencé à bouger, à flotter, prenant peu à peu de la gîte. Et moi, sur cette pente, écartelée pourtant comme une grenouille pour me retenir, je me suis mise à glisser de plus en plus vite vers un fond qui s'enfuyait, une chute interminable. Et puis voilà, sans transition, je me suis retrouvée dans cette étendue sans fin dans un habit de plumes, que si c'était Sirius, je n'en serais pas étonnée… (regardant son corps) devant vous qui n'avez rien à faire ici, c'est ma plaine, entendez-vous ! Par où êtes-vous entré ? Je ne vois ni porte ni chemin, rien que des tours offertes. » Du bout des doigts, elle se caresse le front. »

« Elle est bien bonne, celle-là » Dites, je ne vous connais pas ; vous n'avez pas de place dans mon histoire somnifère à l'usage de mes enfants. Écoutez, je vous laisse le tapis de colombes mais je garde l'immensité et les tours désarmées. Cherchez Sirius de votre côté. Là-bas, vous avez vu, il y a Platon qui galope après le costaud en aboyant de fureur. »

Une colombe tout à coup se détache de la nuée et par une vrille, vient se poser sur la tête de la jeune femme. C'est comme un signal. Par guirlandes, d'autres et d'autres suivent la première. Le silence est cinglé de claquements d'ailes. La rêveuse pousse des petits cris. De ses mains tendues vers le haut, elle tente de s'opposer à l'assaut de colombes que sa tête semble aspirer. C'est comme une mousse blanche, écume toute giflée de vent, labourée de remous qui s'étale vers ses épaules, tant les colombes sont nombreuses à vouloir s'y poser. Le lent déferlement gagne tout son corps. Elles se disputent toutes les parcelles encore libres. En s'accrochant, les colombes perdent leur être, elles deviennent de simples bouquets de plumes étroitement juxtaposés. Touffe après touffe, la belle rêveuse acquiert un magnifique plumage blanc.

Aucune impression de souffrance pourtant ; la jeune femme est une magicienne en représentation avec toute sa troupe. Les oiseaux lui prêtent leur plumage pour lui faire un habit de fête changeant hérissé d'ailes battantes. La reine emplumée glisse au ralenti. Sa couronne est une nappe étourdissante animée par des spasmes d'envol. Sur ses cheveux, une immense chevelure qui ondoie dans le vent.

Cet idiot de Platon vient mettre fin au spectacle. Ses aboiements effraient les oiseaux. La tunique de plumes explose. Des voiles de colombes sont projetés dans le ciel. La reine solitaire fait demi-tour, avec pour tout habit, une constellation bien dense de coquelicots qui pleurent sur sa peau nue. Son réveil va être cuisant, la pauvre ! Je la suivrais bien, mais voilà, je l'avais un temps oublié, le costaud m'a rattrapé.

***

« Ah, tu sais Jérémie que je suis vraiment essoufflé. Pendant que tu dormais, j'ai traversé en courant une immense plaine peuplée de tours poursuivi sans relâche par le malabar. Et qui j'ai rencontré, devine un peu ? tu sais bien, la magicienne aux oiseaux. Elle a fait un tour encore plus fort avec des centaines d'oiseaux qui l'ont pris comme perchoir. » Jérémie a été fasciné par un numéro de cirque avant-hier. Avec une douceur presque féerique, une jeune femme commandait un ballet de colombes si dociles qu'elles donnaient l'illusion d'agir par pur plaisir. Je lui raconte que la magicienne s'entraîne la nuit pour être tranquille, que c'est elle et sa troupe que j'ai croisées. Finalement, un jour ou l'autre, on se retrouve tous sur le chemin de Sirius, c'est inévitable. Reprenons !

Je le vois sortir le costaud, de derrière une tour proche, une épuisette à la main. Du plus loin qu'il me voie, il crie : « Chaud, le bouillon, chaud ! demandez le bouillon ! »

Il passe à côté de la magicienne sans la voir et se lance à ma poursuite. Je suis déjà reparti, tout guilleret de voir Platon de nouveau galoper à mon côté. Vénus claque de la langue, me tord les oreilles et me glisse à l'oreille :

« Cette fille-là, c'est Fanny, votre aînée.

— Fanny ? vous n'y êtes pas du tout : ma grande fille, elle, a les pieds sur Terre et reste dans son lit quand elle dort. »

« Jérémie, tu sais, à force de trotter avec le maître-nageur à mes trousses, Elle-Vénus sur mon cou et Platon dans mes jambes, j'ai découvert une chose terrible, tu vas voir. »

Une ligne continue de collines borde la plaine. Derrière, je me dis, la promesse d'un nouveau paysage. Je vais en finir avec les platitudes, un coup de théâtre est caché derrière…

— Ça a goût de quoi, le théâtre ?

— De la sauce que tu mets autour, tiens ! tu me fais perdre le fil.

La pente est raide. J'escalade. Dans un éboulis, je trouve assez de munitions pour bombarder le balaise. Une pierre pointue l'atteint en plein front ; il part à la renverse et reste étendu.

— Moi, en arrivant en haut, je tombe des nues, tu vas voir pourquoi. La colline que je croyais être une vraie colline, c'est en fait juste une sorte de trompe-l'œil, oui, une surface quasiment sans épaisseur, un peu comme le rebord ourlé du chapeau de Papy, tiens ! Bon, allez, disons-le sans plus attendre, ce sera plus clair : c'est effectivement le bord d'un grand chapeau. Étonne-toi un peu, bon sang, Jérémie ! sinon je m'envole ! »

Je me hisse sur l'arête. De l'autre côté le court dévers sur lequel je m'allonge, est en surplomb au-dessus d'une paroi et d'un précipice sans fond. La paroi dominée par le rebord du chapeau est pleine de reliefs. Tout est trop grand, trop vertigineux pour que je comprenne de prime abord. À la longue pourtant, comme je grandis toujours, je finis par saisir. Car, voilà, les prodiges s'accumulent, la falaise est prise de convulsions, elle se plisse, des volets mobiles masquent et démasquent tour à tour en synchronisme deux globes courroucés, une barrière de buissons rampe loin au-dessous d'un prodigieux cap aquilin en surplomb au-dessus du vide. Écrasée sous la colline-chapeau, mais travaillant à sa libération, une puissante moisson, avec latéralement deux paillassons d'herbes jaunes dévalant les flancs de l'abîme dans une manœuvre d'encerclement.

Ah ! et puis voilà que du tréfonds de l'abîme s'élève une chose énorme, un pan d'univers, pas moins ! Avec plantée dessus, une chaîne de montagnes arrondies à leurs sommets, comme les doigts d'une main !

« Tu as déjà compris, hein, Jérémie !, les montagnes en question, ce sont en fait de vrais doigts. Moi, brindille sur un chapeau, je serre les fesses forcément, regardant ces choses qui s'élèvent à toute vitesse vers le rebord du chapeau sans comprendre ; ciel ! elles vont le heurter, maman ! le choc des mondes et c'en est fait de moi ! »

Non, ouf !, rien : la tragédie n'a pas eu lieu. Quand je rouvre les yeux, qu'est-ce que je vois ? coincé entre deux des montagnes, un tronc d'arbre incendié à un bout, qui vient s'enficher dans une large fente sous la rangée de buissons avec un bruit spongieux. Une petite brise souffle durant une bonne minute et voilà le tronc qui s'écarte de la paroi et la fente qui se met à dégueuler un panache de fumée grise, un cumulo-nimbus qui commence à s'élever vers moi ; il atteint le rebord du chapeau et m'engloutit. Je tousse, je suffoque, mes yeux sont des fontaines, la pollution gagne même Sirius, c'est un scandale ! C'en est trop, je bats en retraite, je repasse de l'autre côté et fuis vers le bas de la colline à toutes jambes. Vénus me plante ses griffes dans les oreilles pour ne pas tomber.

À peine le temps de faire cent mètres, de dépasser le balaise qui ronfle allongé sur le dos, nouveau coup de théâtre ! voilà la plaine aux mille tours qui commence à bouger, à tourner, à partir pour un tour de valse et hop ! elle qui couronnait la montagne voilà qu'elle s'envole ! Platon gémit, la queue entre les pattes, Vénus rit et moi, je me cramponne à ma dignité qui reste debout, elle ! « N'ayez pas peur, me dit la Sirienne, c'est la suite normale du voyage vers l'étoile. La routine, quoi ! Beaucoup de patience et nous y sommes. »

Le vol du chapeau dure une éternité, une longue glissade vers le fond de l'abîme. Avec l'éloignement, le chaos cyclopéen de montagnes, que nous avons quitté, a pris une forme familière. « Sous le chapeau valsant, tu as compris, il y a un bonhomme, encore un ; et devine qui c'est le massif alpin en question, Jérémie, toi qui as la comprenette facile ? » Jérémie pense à son grand-père Bastien avec son chapeau de cow-boy et son cigare puant. Va pour Bastien. « Bravo, compliment, tu as trouvé du premier coup ! »

Mon père dans son exercice favori de shoot à distance a donc lancé de loin son galurin vers une cible. Le minuscule coureur d'étoile voguant dessus l'ignore, lui. Il est bien trop petit pour deviner quoi que ce soit, il échafaude. Dans un pareil moment, bien sûr, sa pensée s'élève vers le cosmos. Il pense à l'infini pour tout dire, il broie des mots trop grands pour lui. Je suis (il est) encore à une infinité de distances de la réalité, de sa rassurante mesquinerie.

Plus très longtemps ! Car, heureusement, le microbe voyageur continue de grandir avec l'univers tout entier. J'ai la taille d'une souris quand le galurin cosmique entame sa glissade finale vers une piste d'atterrissage lisse comme une table… c'est la table du salon en fait. Quelques secondes plus tard, Platon et moi, encore pas plus grands que des figurines de jeu… nous sautons du chapeau. J'ai saisi : finies les spéculations métaphysiques ! quelques grandes secondes de mieux pour grandir, réintégrer le monde des grands et descendre de la table un peu éberlués, et juste deux, autres pour essuyer d'un revers de manche, les traces de boue d'univers laissées par nos pieds sur le bois verni, avant que retentisse la clochette familière.

Personne ne nous a vus. On vient. Vite, je décabosse le chapeau. Platon, lui aussi, a compris, il file vers les bruits de gamelle émanant de la cuisine. Et puis voilà Zaza qui entre, dans les bras de Lisbeth, sa Mamie. Elle et Bastien sont venus dîner. Et enfin, te voilà Jérémie, c'est toi le plus beau ! Et la belle Zaza aussi bien sûr ! Et voilà Maman Manon qui s'écrie : « Vous en avez mis du temps tous les deux ! »

C'est pas encore cette fois-ci que nous arriverons à Sirius. Quelque part, une erreur d'aiguillage. Et la belle Sirienne, dans tout ça, elle est là à son balcon dans ma poche pectorale où je l'avais glissée ; elle s'étire avec volupté – normal, c'est Vénus – mais personne ne la remarque.

***

Demain matin à mon réveil, j'aurai tout oublié. Je m'étonnerai de trouver une autre Sirienne sur ma descente de lit. Et j'irai faire l'ouverture de la chasse avec Platon, voilà !

***

En effet, c'est un bien curieux et très fertile voyage que tu me racontes là, un voyage enrichissant, lui dis-je. Platon et toi vous êtes revenus lourdement au point de départ, à la réalité d'aujourd'hui par suite d'une vertigineuse déflation instantanée, de nouveau prêts pour un autre ressassement. C'est bien mais c'est un peu bête, un peu dommage non, de retomber dans l'ornière, comme un disque rayé de retrouver la mesquine réalité, le petit train-train routinier !

Toi qui as beaucoup d'imagination, je trouve que tu pourrais raconter ton voyage et en faire une histoire prodigieuse, lui inventer un prolongement, avec encore plus d'ampleur : lui dire à ton fils par exemple que le processus d'inflation de l'univers est continu, que la réalité de maintenant avec lui, Jérémie, toute sa famille y compris Platon, le pays où vous vivez, n'est pas celle d'hier mais une autre, immense, des milliards de fois plus grande, que la future réalité de demain, englobant un univers de gens, de choses y compris le chapeau de Papy volant est encore peu de chose, invisible, en gestation quelque part, indécelable encore même au microscope en attente d'apparaître, de redevenir vous tous demain.

Et toi, demain, à Jérémie, tu lui dirais, tu seras une infime poussière à l'intérieur du Jérémie cosmique de la nouvelle histoire. Imagine, un peu, le big bang et depuis, par une dilatation continue, une infinité de Jérémie emboîtés les uns dans les autres. Et tout ça sur un ultime Jérémie, peut-être simple puce sur le dos d'un chien, comment savoir !

Et toi, Jérémie, dans ta peau de Jérémie ultime, tu serais au centre du monde exactement, là où tu voudrais être, nom d'un chien !

La toilette du ciel

L'ailleurs de cette histoire c'est l'Islandia. Il n'y a pas si longtemps que cela s'achevait dans ce pays une opération de grande envergure et de très longue haleine. Salué comme il se doit dans les journaux nationaux du pays, l'événement, d'une énorme portée pourtant, est resté à tort ignoré des historiens occidentaux.

L'Islandia avait en effet la malchance d'être privé du soleil. Comme partout, des nuages passaient dans le ciel, plus ou moins selon les saisons. On savait que le soleil existait bien sûr sauf que pour le voir il aurait fallu écarter un obstacle interposé en permanence loin au-dessus des nuages ordinaires, un moutonnement grisâtre avec des rondeurs d'édredon, immobile même par grand vent qui défiait le bon sens. Tous les habitants avaient le sentiment d'une punition injuste du sort, du dieu du ciel peut-être, on ne savait pas trop à qui l'attribuer.

Le chancelier Xous II qui régnait alors sur le pays, en accord avec une bonne part de son opinion publique, déclara un jour qu'il fallait en finir avec l'anomalie. Il convoqua des commissions d'experts et les tarabusta. Sa lubie prit du poids à force de persévérance, de flatteries et de menaces au point de faire taire tous les appels à la résignation, car il était bien difficile de trouver matière à légitimer cette frontière.

Le dieu du ciel a ses raisons, si c'est lui le responsable, et il n'oublie pas, c'est là son fardeau, disaient les orthodoxes. Faites un trou dans les manteaux, disaient-ils et il va lancer sa foudre.

Xous était gagné aux idées nouvelles. Il désigna un maître d'œuvre, un physicien embrasé par une idée lumineuse : purifier le ciel par le feu. La solution proposée était simple, c'était bien son seul mérite. L'été ayant été bien sec, eh bien on allait, un jour de brise, envoyer des équipes d'incendiaires encercler une forêt et y mettre le feu ! Comme cela, on allait créer une colonne d'air brûlant capable de disperser les nuages. Ou de les consumer si c'était de la ouate sale, comme le croyaient certains.

On passa donc à l'exécution. Le brasier fut énorme, la région devint une fournaise trois jours durant. La poussière finit par retomber, la fumée, par se dissiper peu à peu et avec elle, les illusions. Il fallut se rendre à l'évidence, la trépanation du ciel avait échoué.

Le physicien fut renvoyé et le projet mis en veilleuse, le temps que les experts délibèrent. Les moyens de mesure étaient rudimentaires à l'époque. On avait bien réussi à envoyer une cinquantaine de thermomètres dans le ciel, au-dessus du feu, attachés à des ballons mais les deux qui avaient été retrouvés intacts donnaient des mesures différentes. Livrés à leur seule intuition – c'est dans de pareilles circonstances que l'on mesure le mieux l'évolution des mentalités –, les experts avancèrent… une explication rationnelle ! La température à la base des nuages était insuffisante, dirent-ils. C'était facile pourtant, en l'absence de preuve, de mettre l'échec sur le compte du dieu du ciel et de s'incliner. Le statu quo n'aurait peiné personne. Eh bien ! non, pourtant, une majorité de beaux esprits, contre l'avis de tous les résignés, avait parié que le dieu n'y était pour rien. Sombre jour pour lui.

Après moult cogitations, on décida de faire une nouvelle tentative. Il s'agissait cette fois de porter le feu jusqu'aux nuages, au moyen d'un bûcher comme on n'en avait jamais vu. Le chancelier approuva les plans de son architecte en chef.

L'organigramme tenait en quelques séries d'instructions sorties d'une plume d'oie baveuse et lourdes de labeur. Il n'y avait qu'à :

– priver une colline de sa calotte sur une hauteur de 50 à 60 pieds de façon à asseoir bien à plat un soubassement de rocs gros comme des charrettes ;

– former un premier lit de cent cinquante pieds carré, avec de vieux chênes puis un second entrecroisé avec le premier ;

– recommencer deux fois en entrecroisant les troncs pareillement ;

– dresser huit rangées de seize troncs écourtés à cinquante pieds de long en les calant dans les intervalles du lit supérieur et les relier ensemble ;

– les arc-bouter par un faisceau de poutres très ouvert ;

– former une plate-forme en couchant en haut des troncs sectionnés d'arbres de dix pieds de tour au plus, en les juxtaposant bien ;

– les aplanir sur le dessus ;

– dresser sur cette plate-forme sept rangs de quatorze troncs de cinquante pieds de long aussi, en arc-boutant ceux du pourtour et en haubanant les autres ;

– recommencer six fois les opérations précédentes en diminuant à chaque étage d'une unité le nombre de rangs et de deux unités le nombre de troncs ; et

– couronner d'un peuplier adulte avec toute sa verdure.

Quoi qu'on puisse en penser, cela tenait même par grand vent, on allait le vérifier par la suite.

Le projet n'avait pas convaincu grand monde au début. C'étaient juste des lignes d'écriture trop abstraites pour ceux qui réfléchissaient avec leurs yeux, leurs oreilles, leurs mains. Des savants firent la moue. Votre brasier, si grand soit-il, ne fera pas mieux que le soleil qui chauffe le manteau gris en permanence par en dessus. Chimérique, ruineux, irresponsable que tout cela. L'avenir allait leur donner raison mais ils faisaient figure de rabat-joie, de timorés.

Le projet de bûcher séduisait par sa folie. C'était un grand dessein comme chaque génération rêve d'en avoir un. On fit force discours promettant toujours un rond d'azur derrière l'orangé des flammes. On flatta le chauvinisme national. Les gens d'alors faisaient merveille, quand on leur lançait des défis. Celui-ci était démesuré mais à leur mesure. Pour la science et la technologie en avant ! Que les rétrogrades reculent et que les autres retroussent leurs manches, etc.

C'était facile quand on disposait d'une pharaonique armée de bâtisseurs sous le fouet. Quand on avait, comme le chancelier Xous alors, seulement quelques milliers de terrassiers, charpentiers, bûcherons, charretiers galvanisés chaque jour avec de l'argent pour chaque goutte de sueur versée, des promesses d'or en cas de réussite et tous avec des rêves de ciel bleu, sans compter des centaines de chevaux bien nourris et peut-être idéalistes, c'est encore faisable et à peine plus long. On termina en six mois une construction que des cyclopes regarderaient d'un œil rond.

La construction commença par la phase ingrate. Le chancelier vint donner le premier coup de pioche. Le lent grignotage de la tête de colline commença, pelle après pelle, charrette après charrette, sous la pluie, sous une pluie d'impôts, sous un déluge de critiques. Le transport et le rangement des troncs sur le terre-plein nu furent un vrai cauchemar.

Au réveil, O ! merveille ! un soubassement à couper le souffle. Des arbres par milliers avaient donné leur vie pour cette guerre sournoise au dieu. Un champ d'honneur bien rangé qui dominait la campagne. Beaucoup d'argent et d'efforts mais, il fallait le reconnaître, quel résultat !

Le soubassement une fois fini, le bûcher sembla s'envoler vers le ciel par bonds successifs. À chaque série de troncs dressés, à chaque plate-forme intermédiaire posée, la construction gagnait en arrogance. Les arbres, mis debout, semblaient s'être relevés d'entre les morts. La nature elle-même se ralliait au projet. Quand le bûcher dépassa six cents pieds, c'est simple, personne n'osa plus le critiquer.

Cette première merveille du monde valait un déplacement immédiat. Dans tout le pays, les gens lâchèrent leurs affaires en cours pour partir plus vite. Tout ce qui broutait fut attaché devant et derrière les charrettes. Dessus, on empila l'équipement du parfait nomade. Et sur les montagnes de choses, on mit les gens.

Parvenus à une journée de marche, ils avaient le bûcher en point de mire. Une journée, ce n'était pas assez pour s'habituer à sa taille. Arrivés à proximité, c'était la stupeur, l'écrasement, la fierté. Pour beaucoup, l'envie de participer à l'œuvre.

Dès l'aube, on voyait à présent des milliers de fourmis grimper aux échelles, s'atteler aux palans pour hisser du bois, encore du bois. Du combustible, par milliers de tonnes.

Vinrent les effets pervers. Pour certains, l'oubli de l'objectif pratique à atteindre. Les artistes considéraient le monument et trouvaient à redire à ses proportions. La section des troncs ne diminuait pas assez vite à leur goût.

On édifiait une cathédrale et ils trouvaient dommage ces empilements mastocs dans les hauteurs. Aux hercules, le gros œuvre, la base solide et fonctionnelle, soit. Mais, au sommet, place aux artistes ! De l'imagination, de l'audace et très peu de matière, une dentelle de bois, une pointe élancée, légère comme un miracle, une musique dans le ciel.

On les laissa dire. Les gros biceps triomphèrent de la pesanteur et le drapeau blanc strié de noir fut finalement planté sur le faîte.

La construction frappait par son caractère barbare, guerrier. On y voyait comme une tête de pont, un saillant rugueux tendu vers un ennemi. C'était gênant. Ce qui n'était pour les habitants qu'un conflit de voisinage, une histoire de clôture abusive, risquait d'être interprété par le dieu comme un véritable défi cosmique. On chargea les prêtres d'expliquer cela au dieu dans leur langage spécial.

Il est difficile de vouloir une chose et son contraire, mobiliser des bâtisseurs autour d'une œuvre et les empêcher de s'y attacher. L'idée d'y mettre le feu paraissait à présent sacrilège à beaucoup. Tout détruire pour un hypothétique rond de ciel bleu, pour ouvrir un chemin… à toute sorte d'ennuis peut-être, ce n'était pas exclu !

Le sacrifice du bûcher avait quand même ses partisans, des esthètes qui le trouvaient sinistre, monstrueux. En l'embrasant, qu'ils disaient, on en ferait une œuvre d'art. Durant une semaine, les gens auraient devant leurs yeux, la poignante beauté de l'éphémère, à chaque seconde une nouvelle œuvre de flammes et d'art sculptée dans le ciel par le hasard. Ce qui faisait la grandeur tragique du bûcher, pour eux, c'était son inutilité. En le détruisant, on prouverait que le dieu était loin du pays, que les hommes pouvaient eux aussi créer et anéantir avec une égale volonté.

Le voulaient-ils ? Un mois passa à en débattre. La campagne environnante devint une agora pour les flambistes et les anti-flambistes. Ces derniers lancèrent un concours d'idées pour sauver le condamné. Il y en eut beaucoup de petites et une seule très grande à portée métaphysique : rehausser l'édifice jusqu'au-dessus des nuages ! L'architecte désapprouva formellement. Dans le fond, c'était lui aussi un iconoclaste, mais du genre prudent. Les défis, d'accord, mais en douce, sans jamais toucher la base des nuages. Il affirma que le bûcher n'était pas assez solide pour supporter d'autres étages.

On changea de sujet du jour où l'on sut que le philosophe, qui avait émis l'idée, venait de mourir, tué par la chute d'un arbre foudroyé.

Les idées ne manquaient pas. En voici quelques-unes. L'édifice était :

– la plus haute montagne du nouveau pays, une montagne idéale pour apprendre l'escalade et se rapprocher de dieu ;

– un tremplin merveilleux pour le suicide ;

– un collecteur pour le feu du ciel, si on l'enguirlandait de fils de cuivre courant depuis le haut jusqu'en bas, jusqu'à des réservoirs enterrés assez solides pour contenir sa fureur, de quoi alimenter un réseau de tuyauterie et, une fois le calme revenu, faire jaillir des fêtes de lumière, la nuit ;

– une forteresse d'où l'on verrait jusqu'à la mer avec une lunette, pour surveiller les navires innocents et repérer à temps les armadas ennemies cachées derrière l'horizon (propos de xénophobes) ;

– un immense sémaphore visible du pays tout entier, d'où l'on ferait des signes, qui rendrait inutiles tous ces courriers arrivant hors d'haleine et dépoitraillés par l'effort, ces chevaux écumants qui, à force de monter et descendre les collines, finissent par osciller sur place sans pouvoir s'arrêter et dans leurs rêves, s'envolent en hennissant ;

– un immense sémaphore (variante proposée par un homme d'affaires) entre la capitale et la province pour passer des commandes, pour contrôler à vue aussi les livraisons par des escadrilles d'oiseaux, des oies cendrées par exemple, toutes bien en rang derrière leur chef et leurs sous-chefs, et surtout pas les albatros pagailleurs, râleurs qui ont tant de difficulté au décollage avec sous eux d'immenses filets chargés de sacs, qu'on leur attacherait aux pattes ; même que pour les orienter dans la bonne direction, il suffirait d'imiter de loin des cris de femelles ; ces bêtes-là sont volages mais capables aussi de travailler jusqu'à la mort pour rejoindre leurs belles amoureuses ; même qu'on les ferait se poser sur des étangs pour éviter la casse… (l'auteur de la lettre était un de ces innovateurs capables de faire passer cent inventions par le chas d'une aiguille sans le déformer, en oubliant l'étourdi que le premier voleur venu pourrait détourner une expédition avec un appeau. Que rien qu'en tirant à hue et à dia vers des lieux d'ébats différents, tiens ! ces aviateurs feraient tomber la cargaison) ;

– un plongeoir à justice, avec remise de peine automatique pour les détenus capables de plonger sans dommage dans un lac en contrebas de la colline, depuis un étage de l'édifice d'autant plus élevé que leur peine était plus lourde ;

– un luminophore pour l'enchantement des gueux ;

– un gibet (on ne plaisantait pas alors avec la justice) ;

– un palais pour le chancelier qui, dedans, serait au centre du monde civilisé au-dessus de sa cour, en respectant l'ordre naturel, le souverain juste à l'étage au-dessous du dieu, les marmitons tout en bas régnant sur les estomacs, avec des salles d'apparat, des centaines d'ascenseurs en osier suspendus à des cordes, et leurs moteurs, des forçats enchaînés aux palans, comme ceux qui passaient leurs journées à niveler toutes les collines un tant soit peu plus hautes que les autres avec des rêves de nivellement généralisé sans se fatiguer beaucoup d'ailleurs et la meilleure preuve en était que le soir venu, un vrai scandale, ils faisaient le mur, secret de sourd, pour aller faire la fête, etc.

– un hôtel, tiens ! pourquoi pas un hôtel en effet ? On pourrait faire facilement mille chambres en cloisonnant bien ces forêts superposées ? le haut lieu touristique du pays, tout à la fois palais, esplanade, musée, salle de spectacles, restaurant, cabaret, ce serait l'hôtel lui-même, le pays allait édifier d'un coup... son industrie touristique !

– une tour de Babel à oiseaux, un hymne au dieu à chaque point du jour avec le grand orchestre céleste chantant mâtines, chaque espèce volante s'égosillant si fort pour dominer les autres parties vocales qu'on l'entendrait jusqu'au bout du pays, des musiciens jouant gratis des musiques inédites ;

– un parc d'attractions pour les enfants avec des toboggans de six cents pieds de haut, un record, un palais d'horreurs, avec des horreurs véritables, les pendus du gibet tout becquetés par les oiseaux, réduits en os par les fossoyeurs aériens, les bambins seraient ravis ;

– un cimetière suspendu...

Bref, une purge de l'imaginaire, des projets de vie, de mort, des obsessions plus hautes que le bûcher lui-même, mais rien dans tout cela qui concernait la libération du ciel, rien de sérieux, dirent les flambistes.

Eux l'étaient. Ils avaient réussi à canaliser un fleuve de sueur et d'astuce. C'était leur force : les habitants du pays attribuaient des vertus magiques aux entreprises qui faisaient beaucoup transpirer.

La décision de mise à feu fut prise, enfin. On fit beaucoup de discours mais moins qu'il ne s'en déverse généralement de par le monde pour inaugurer la moindre impasse.

Le bûcher fut enflammé un beau jour de juin à l'issue d'une cérémonie à caractère sportif. Des coureurs se relayèrent depuis la capitale pour apporter le feu. Bien avant d'apercevoir le dernier, on put suivre sa progression dans l'œsophage de foule qui semblait le pousser en avant. Il apparut, soufflant, claudiquant, tenant à bout de bras la boîte d'allumettes apportée par la chaîne de coureurs. Sur sa chemise rouge, la marque d'un sponsor, un fabricant de bière, un écureuil cramponné à la luette dans un gosier géant envahi par le contenu d'un tonneau, et, aux aisselles, des auréoles de sueur crasseuse. Il avait presque terminé son tour d'honneur quand il trébucha et s'étala dans une flaque.

Certains y virent un mauvais présage ou un coup monté pour ridiculiser les flambistes. L'explication était ailleurs.

Les gens du pays étaient un peu bizarres. L'effort, pour eux, devait conduire à un résultat pratique ou à un avantage matériel. L'amour de la défonce gratuite était interprété comme une manifestation de démence. Le bonheur dans la douleur, non ! L'appât du gain, il n'y avait que cela de vrai pour l'épanouissement des individus. Un mal qui faisait des ravages même parmi les poètes, c'est triste à dire.

Vous devinez les conséquences de cet âpre marché de la sueur : sur la face cachée de la nouvelle (et provisoire) merveille du monde, longues à cicatriser, de hideuses plaies d'argent dont les gens ne se vantaient pas. Juste un exemple. Cette course de relais apothéose qui en soi était une bonne idée, fut gâchée uniquement par ladrerie. On ne pouvait convaincre des gens de courir de toute leur vitesse pour apporter des allumettes à un incendiaire professionnel qui en avait plein les poches en permanence, sans une récompense sérieuse. Que leur proposa-t-on ? Un jambon fumé chacun, une misère, quoi ! et rien pour les quatre séances obligatoires d'entraînement à la course ! On vit bien le résultat : un concours de grimaces, des crampes, l'asphyxie, la chute du dernier relayeur. L'Histoire a aussi ses bas-côtés obscurs.

Revenons en pleine lumière ; celle des torches vite allumées, celle de la poix enflammée à la base du bûcher. Trois heures après, la base de l'édifice était cachée par les flammes. Le cercle des spectateurs s'était dilaté avec la montée de la température et il se rompit sous la pluie de cendres et de brandons qui s'envolait. Le crescendo dura toute la nuit. C'était dantesque, cette colline de bois en flammes crachant des torrents d'air chaud vers le manteau gris, la bataille des flammes contre le ciel, une bataille rendue confuse par la fumée noire « toussée » par le brasier. Les chroniqueurs de l'époque se sont livrés à une course aux superlatifs épuisante pour la langue d'alors. On l'a bien regonflée depuis en inventant des hyperlatifs.

Le combat dura tout le jour suivant. La nuit vint aider la fumée à masquer le résultat. La foule stationna jusqu'à l'aube pour admirer le rond du ciel pur espéré, les poètes affûtèrent leurs plumes et les physiciens, leurs arguments. Ils étaient quand même soucieux. En ce temps-là, on pensait que les lois de la physique ne pouvaient marcher sans l'agrément tacite du dieu du ciel. Forcément, ils étaient vulnérables dans l'échec. Le martyrologe de la science s'allongeait à chaque pari perdu.

Lorsque la brise de l'aube se leva, écartant la fumée, tous les yeux scrutèrent le zénith pour y découvrir quoi ? … rien du tout, ce qui s'appelle rien ! Le manteau gris était intact, même pas éraflé. Le pays avait échoué contre la nature.

Inutile de vous dire que la colère fut terrible. On récupéra assez de bois non brûlé pour dresser des gibets et pendre les responsables. Une révolution de palais renversa le chancelier et mit son ennemi politique à la place.

Le brasier vécut encore très longtemps ; on le voyait même depuis la lune, paraît-il !

Le chancelier Xous fut renversé et ne survécut pas à la défaite. Pas mal de temps (plus d'un siècle) allait se passer à ruminer cet échec avant que l'imagination ne retrouve sa démesure, et que l'idée de la revanche ne mûrisse dans les esprits.

Dans l'intervalle, la forêt tombée au champ d'honneur pour la construction du bûcher avait eu le temps de se reconstituer et le pouvoir était passé successivement entre les mains de quelques chanceliers plus ordinaires.

L'Histoire a retenu leurs noms certes. Je pourrais en citer quelques-uns mais à part les noms, je n'aurais pas grand-chose de substantiel à mettre autour. Sauf pour l'un d'entre eux tout de même, le grand chancelier Attal Bzom qui allait porter de toute son énergie le projet d'une nouvelle tentative contre le ciel.

Il estima être l'homme providentiel capable de faire face au défi, fort d'un pedigree plus ou moins légendaire.

Il prétendait, rapportent les chroniques d'alors, descendre en ligne directe d'un certain Koul'os qui, il y a longtemps, à la tête de ses troupes, aurait conquis et ravagé le pays et soumis Ourh, son ancienne capitale, ville riche et prospère. Son élégance, sa complexité intimidèrent Koul'os dès qu'il la vit. Il la refusa comme une fiancée hautaine et la punit. Il étêta ceux qui croyaient pouvoir le regarder de haut et spolia les riches. Les artistes furent pendus et leurs œuvres brûlées, la ville fut défigurée.

Ce barbare de Koul'os devait sa stature et sa ruse à son père Djarn. Sa bravoure au combat, il la tenait disait-on plutôt du côté de sa mère Burjipe, ont dit ceux qui connurent ses oncles Bredze, tous des trompe-la-mort.

Ce Koul'os, selon une légende Ô combien complaisante, aurait épousé la fille du précédent monarque déchu. Haïtsou était une jeune femme bien en chair, rieuse, avec assez de finesse pour cacher à son mari qu'elle le tenait pour un rustre. Son zèle à le dégrossir avait fini par donner des résultats. Un tableau du temps montre Koul'os en parvenu de la civilisation : mains chargées de bijoux, barbe fleurie, épaisse chevelure noire frisée, mâchoire carrée, cou épais comme une colonne, lippe rouge et humide, yeux froids, une force barbare contenue (mal) dans un costume de président (culotte de soie, bas blancs, souliers à boucles dorées et habit pourpre). Sa sauvagerie dans la destruction de l'ancienne capitale avait été juste une réaction de dépit, Haïtsou l'avait bien deviné : la civilisation l'éblouissait, il aspirait à ce bien immatériel, même s'il n'en aura jamais saisi que les fanfreluches autour.

Koul'os lui fit beaucoup d'enfants. Trop même si bien que Haïtsou finit par détourner d'elle progressivement ses incursions toutes militaires et piloter vers l'arène de son mari trente-six chandelles énamourées tandis qu'elle, de son côté, filait de plus en plus des amours platoniques avec des poètes et des musiciens bien moins obsédés. Elle finit pourtant épuisée par abandonner tout à fait l'ouvrage reproductif et mourut à la tâche.

Les candidates à sa succession ne manquaient pas. Plusieurs roses boutonneuses vinrent éclore successivement dans le lit de Koul'os, qui n'avaient pas la santé des précédentes, rêvant à chaque fois de devenir sa veuve, juste le temps de faire un enfant ou deux, piteux bilan. Être la dernière, enfin, dans la grande loterie de l'Histoire ! Mais, à tous les coups du destin, c'était lui le veuf abandonné avec son gros lot d'orphelins, quelle malchance !

Les premières dames du pays passaient, Koul'os demeurait, toujours vaillant, pour les pleurer, lui qui avait tellement horreur des enterrements. Avec toujours le même acharnement à se constituer une descendance sérieuse.

Koul'os faisait tellement d'enfants à ses femmes légitimes successives et à ses innombrables maîtresses, qu'il les confondait entre eux et les désignait par leur numéro d'ordre !

Les années avaient passé, les générations aussi, des foules d'espoirs s'étaient envolées devant l'obstination indécente de l'ancêtre. Une atmosphère d'interrègne planait en permanence. Toujours le même chef, non, ce n'était plus supportable à la fin !

Il serait mort à… 256 ans (!) des suites d'une chasse au sanglier mouvementée. La bête aurait foncé sur lui. Une méchante qui lui creva la bedaine, avant qu'il n'ait eu le temps de la bloquer en l'empoignant par les défenses. Malgré ses coups de boutoir, Koul'os se serait remis debout, l'aurait même élevé au-dessus de sa tête et lui aurait cassé l'échine sur son genou !

C'était trop pour l'infatigable Koul'os : l'Histoire, trop longtemps narguée par lui, venait de se venger, enfin. Plus de deux mille personnes, résumons la suite, qui revendiquaient d'être les héritiers légitimes directs ou indirects du défunt, auraient assisté à son grandiose enterrement…

Pour compléter le tableau, ce fameux Koul'os disait-on, était lui-même fils d'un ogre qui avait vaincu le roi des géants dans un duel à coups de tronc d'arbre durant tout une semaine, avant, à titre d'expiation de ses crimes, tel Hercule aux pieds d'Omphale, de finir piteusement végétarien pour complaire à une dame qui l'était !

Attal laissait dire et ne démentait pas. Qui le ferait d'ailleurs ayant la chance de descendre en ligne directe de tels ancêtres ! Mais revenons à son intervention historique.

L'occasion d'y revenir lui fut offerte le jour où une voyante patentée du pays, réputée pour ses prédictions, annonça avoir reçu un nouveau message très énigmatique traduit pour l'essentiel en signes cabalistiques. Le chancelier Attal, en fin politique, sauta sur l'événement. Il vint se pencher sur les signes et Ô miracle ! il les déchiffra sans effort ! Il fallait monter tout là-haut, aller voir de quoi il s'agissait, disait-il et conférer en direct avec le responsable s'il existait, le dieu du ciel si c'était lui. Le prétexte tant espéré pour relancer l'offensive, dissiper le manteau gris, faire l'inventaire du ciel, ce rêve secret était trouvé. Que l'on construise une tour assez haute pour atteindre le ciel, ânonna-t-il, une tour de 1000 pieds de haut au moins (!), du solide, du durable, un véritable escalier du ciel, et après on verrait, concluait Attal. Et lui en personne, monterait là-haut pour entendre la suite, entamer les débats.

Une tour de 1000 pieds ? On l'écouta, incrédule, lui, réputé si fermé à tous les idiomes autres que le sien, qu'il avait besoin d'un interprète pour parler à ses chevaux. On laissa dire. Sauf que par la suite, la voyante produisit plusieurs autres messages tout aussi sibyllins qui vinrent confirmer le premier. Et si c'était vrai, se dirent les sceptiques ? Les traductions qu'Attal fit de ces messages après lectures à haute voix confirmaient l'injonction. On l'écouta mieux, et comme il avait tellement l'air sûr de lui ! Une tour ? Pourquoi pas en effet ? dirent les rationalistes. C'était là une bonne occasion d'accéder au manteau moutonnant, d'analyser son mystère.

Un architecte proposa une pure folie pour l'époque, une flèche en bois de 50 pieds de diamètre seulement à sa base pour un escalier à cinq cents volées de marches avec, en son centre, un puits vertigineux pour une cage d'ascenseur en osier, un orgueilleux roseau grinçant à tous les vents. Le président y prendrait place et serait hissé jusqu'en haut par des cordes et pas mal de force animale. L'architecte mettait sa tête à couper que son projet tiendrait debout. Cela fit rire : à l'époque, on perdait sa tête pour des erreurs bien plus vénielles. Attal, qui voyait loin, le nomma à la tête d'une commission pour l'aménagement de l'au-delà (désignation officielle du territoire d'en haut en voie d'annexion), et choisit l'un des deux projets restants.

L'idée de son auteur était de se servir des plans d'un gigantesque château d'eau qui dormaient dans les archives pour cause d'abandon, et de lui faire subir une crise de croissance. Du neuf avec du vieux, une folie sage, de la tradition et du modernisme, le meilleur baume pour calmer les prévisibles plaies d'argent. Un autre mérite du projet retenu était le somptueux collier de diamants que son auteur avait pensé à offrir à la femme d'Attal (unique, elle !), cinq fois plus cher que celui de son concurrent. Une époque de grands travaux commençait. C'est alors qu'une pluie d'impôts s'abattit sur la population.

Les encyclopédistes du temps firent des centaines d'odes enflammées sur l'érection de la tour avec des comparaisons toutes plus viriles les unes que les autres, Moi, j'en ferai une seule, petite, une phrase piteuse : la tour fut construite dans les délais prévus avec un dépassement de budget de 50 % seulement !

Elle n'était pas précisément belle cette tour. Les gravures du temps la montrent avec ses trois pieds vrillés de huit cents pieds de haut sur un socle maçonné. Pour chacun d'eux, on avait empilé des troncs d'arbre assemblés en carré et superposés avec un décalage angulaire régulier entre les couches ; sur le trépied, plusieurs étages hexagonaux couronnés par une plate-forme, avec un vertigineux puits central. Au total, une sorte de pyramide très pointue dont le haut affleurait presque la base du manteau. Et des haubans pour la rigidifier jusqu'à mi-hauteur. Au-delà, la tour gémissait, livrée aux caprices des vents.

Trois charpentiers se firent pincer un matin qu'ils revenaient, sacrilège ! d'une excursion en avant-première au travers du manteau. On les punit lourdement. La sentence les contraria d'autant plus, c'était bête, qu'ils n'avaient rien vu d'autre qu'un espace vide tout bleu s'étendant dans toutes les directions. C'était faute d'avoir bien regardé dirent les partisans engagés jusqu'au cou dans cette percée technologique à tout prix très risquée, pour minimiser la profanation, le grand Attal, c'était sûr allait les démentir et voir, lui, la vraie réalité dans sa complexité, ce que ces hommes sans cervelle, ces hommes de peu n'avaient pas compris.

Au jour dit, on canonna pour réveiller le ciel. L'escalade ne convenant ni à son rang ni à son poids, on avait prévu pour hisser Attal tout un attirail de palans. Ses gardes vinrent le tasser avec un grand respect dans une minuscule nacelle. Il remit de l'ordre dans sa tunique de cérémonie, redressa son bicorne. Les gros bras entrèrent en action et le président s'éleva lentement. Il devisait avec ses ministres et conseillers. Leur nombre décrut très vite avec l'altitude ; la sélection se faisant à la force des jarrets. L'importance du sport en politique se voyait ainsi vérifiée.

Le serpent ministériel s'était si bien émietté et raccourci dans l'ascension, qu'arrivé au sommet de la tour, il n'en restait plus que la tête, les seuls deux yeux en la personne de deux sémillants conseillers. C'est pantelants et cramoisis, qu'ils parvinrent sur la plate-forme terminale en même temps que leur chancelier. Attal fut satisfait de retrouver à ses côtés deux personnages d'un rang convenable avec qui parler pendant les préparatifs.

Pétarade de mille fusils, avant le silence recueilli : les affaires sérieuses allaient commencer. Les gens s'étaient allongés face au ciel pour suivre l'événement. Sacha, l'historien officiel, attendait, stylo au garde-à-vous, pointé vers l'Histoire. On enfonça un long escabeau au travers du manteau. Attal s'éleva marche après marche, hésita un moment quand sa tête toucha le manteau. L'un des deux conseillers escalada vite les marches, tapota la jambe d'Attal avant de lui tendre un papier où était griffonné un dernier conseil : marchandez, maître, n'hésitez pas !

On vit Attal gesticuler pour enfoncer les bras dans le nuage, et par poussées successives, se frayer peu à peu un passage et disparaître.

L'heure était grave. En bas c'était l'angoisse, on redoutait le pire. Qu'allait-il se passer dans l'au-dclà du nuage ? Les peureux, les frileux, les superstitieux fermaient les yeux, se bouchaient les oreilles. Ils guettaient les premières manifestations annonciatrices d'un combat probable ; quelque chose allait se produire : comme de la foudre, des éclairs, un feu d'artifice, une armée de canons vomissant leurs ferrailles sur la peau de tambour du ciel, des grondements caverneux d'une voix géante pour exprimer une grande colère ; à craindre : la chute brutale de l'intrus puni. Où est-il notre Attal, qu'est-il advenu de lui ? Va-t-il être sanctionné, lui, l'insolent, l'impudent pour violation grave de propriété divine, choir foudroyé du hait des cieux, précipité d'un coup jusqu'en bas ? même les esprits forts le redoutaient.

Eh bien non, rien, ce qui s'appelle rien de tout n'arriva. Après un long moment, on vit des pieds réapparaître les pieds d'Attal. Il redescendait tranquillement l'escabeau tenant entre ses bras un bon morceau arraché au manteau gris. On le vit de loin conférer avec ses deux conseillers et s'installer dans la nacelle pour le retour parmi ses sujets. La descente commença ; elle dura assez longtemps pour qu'Attal ait eu le temps de réfléchir à ce qu'il allait leur dire.

Lui non plus n'avait rien vu là-haut, juste le ciel bleu et l'éblouissement du soleil. En son for intérieur, il était soulagé : il n'avait vu aucun dieu susceptible de s'interposer entre lui et le ciel, se disait-il. Plus de contestation, c'est moi le chef suprême ; tout le mérite d'avoir réussi à faire reculer l'obscurantisme et les superstitions, ce sera pour moi !

Bien sûr, ils seront déçus en bas au premier abord. « Alors, Chancelier : bredouille, dira-t-on ? Où sont-ils le soleil et le ciel bleu tant promis, tant attendus ? »

Il saurait leur répondre car il avait une solution à leur proposer. Elle était née dans son esprit alors qu'il redescendait lentement dans son panier d'osier, à force de malaxer la brassée du matériau arraché au manteau.

C'était souple ; déformable, assez élastique, incombustible, les deux brasiers précédents l'avaient prouvé. À ses concitoyens tous pragmatiques et près de leurs sous - on l'a vu déjà –, il allait leur suggérer d'exploiter cette manne, de tirer parti à leur avantage de ce ciel désenchanté sans risquer de conflit de voisinage. Eux, si industrieux trouveraient bien comment faire. Le ciel bleu et le soleil promis seraient derrière à leur disposition. « Nos efforts n'auront pas été vains ; nous allons continuer le combat mes amis jusqu'à la victoire ! » L'argument convainquit la foule éblouie par tant d'astuce.

Les ingénieurs se mirent en action. Avec le temps et pas mal d'aléas, ils finirent par construire en haut de la tour une énorme machine avec une gueule mobile capable en balayant le ciel, de grignoter et d'aspirer l'abondante matière disponible. Sans vergogne car sans personne visible susceptible de contester le pillage.

C'était mettre le ciel dans les assiettes ! La grande épopée tournait à l'exploitation industrielle, à une affaire de gros sous, à de la grande cuisine pour les ménages.

Ainsi, le pays est devenu, pour la plus grande fierté de ses habitants, un grand producteur… de matelas, coussins, rembourrages divers, toutes choses qui s'exportent encore de nos jours ! un pays au ciel bleu entièrement dégagé en tout cas.

La plupart des habitants étaient fiers et laissaient dire les inévitables grincheux, les rabat-joie, qui s'indignaient, de ce ciel déshabillé, « enlaidi de bleu », de ce soleil permanent cuisant les épidermes, écrasant le pays de lumière et de chaleur, favorisant le farniente, l'étalage indécent des chairs, et son corollaire la luxure. Balivernes que tout cela ! Laissons-les critiquer ! Qu'importaient ces manifestations d'aigreur, après tant de labeur obstiné, le ciel était vaincu, non ? disaient-ils.

Une statue équestre a été d'ailleurs érigée en l'honneur du grand Chancelier Attal Bzom qui a permis cette réussite.

Cette fameuse tour a depuis été démontée et le bois récupéré. Qu'en reste-t-il de nos jours Seulement son soubassement encore visible au sud-ouest de l'ex-capitale Vrniye au sommet d'une colline boisée, une sorte de monticule maçonné mal défini. C'est du moins ce que l'on sert aux touristes qui viennent encore de nos jours voir le monticule dégradé qui en tient lieu, pour donner un peu de corps à cette guerre du feu en partie légendaire. Une guerre qui a eu lieu à n'en pas douter, menée par leurs ancêtres lointains dont ils sont les continuateurs, les héritiers. Bon sang ne saurait mentir ni ne saurait se perdre. Comme on dit en Islandia encore de nos jours : quel que soit le projet à réaliser, si bizarre même qu'il puisse paraître, ce n'est pas le but atteint qui rend le plus fier mais le long chemin suivi pour l'atteindre !

L'inondation

Je vais vous raconter un épisode dramatique qui a marqué à tout jamais l'Histoire d'un autre petit pays l'Euscadie mal connu. Pour être plus précis, il est situé, disons, entre la Phénicie et l'Argolide. Il ne figure que sur de rares atlas poussiéreux. Cet épisode ne passionne tout au plus qu'un petit cercle de spécialistes : c'est bien dommage et immérité.

Il y a longtemps, avant sa conquête et son rattachement au monde civilisé, le pays en question était sous la coupe de Zénon, le roi des dieux régionaux très exigeant pour ses créatures et administré par un roi à poigne guère plus tendre envers ses sujets.

Jason était capitaine dans l'armée de son pays. Un vrai capitaine de légende, beau sabreur, intelligent et ambitieux. Contrairement à beaucoup de ses pairs, il avait délaissé l'escalier classique de la réussite dans la carrière des armes et choisi un raccourci plus original. La voie des airs qu'il prit était neuve mais risquée. Si l'on mourait en route, on finissait au paradis des casse-cou, en tout cas au-dessus de la mêlée.

Il eut l'idée de façonner de grandes ailes en cuir sur le modèle de celles des oies cendrées, de les enduire de cire et d'y attacher un harnais. Soutenu par l'air mais pas seulement, on imagine, il réussit à s'envoler. Le premier vol dura une bonne demi-heure, sous les yeux de la foule émerveillée.

Conquis par l'audace avec lequel le projet avait été conduit, le roi le convoqua pour mieux connaître son auteur. Il écouta sans bien comprendre son brillant capitaine lui parler d'une nouvelle stratégie, d'une échappée par effraction hors du temps circulaire, pure folie ! lui proposer, devinez quoi ! une flotte aérienne ! Ainsi Jason lui expliqua comment les soldats ailés, par escadrilles de cinq, iraient par-dessus la parabole des flèches et donc à l'abri des projectiles, jusqu'aux arrières de l'ennemi observer les mouvements de troupes, jauger et désorganiser ses réserves, tuer ses chefs.

Un rêve en appelant un autre, il imagina des bombardements aériens, des outres d'alcool, de poudre grise jetées dans les cheminées pour mettre le feu aux maisons, et même, c'était fou, les vols de nuit sans visibilité en se guidant sur les étoiles.

Que croyez-vous que fit le potentat ? Il le remercia pour son originalité. Ce n'était pas le plus beau compliment que l'on pouvait faire à un aspirant général. À une époque où l'on venait à peine de découvrir les possibilités d'emploi du cheval dans la guerre, c'était trop ! Rien ne sert de naître dix siècles trop tôt.

Jugé trop ambitieux et donc dangereux par son soupçonneux patron qui surveillait ses arrières et les allées du pouvoir, jalousé par ses pairs plus conformistes Jason comprit que sa carrière était compromise. Que faire alors ?

L'habile capitaine trouva une haute branche pour se rétablir en l'occurrence Ariane la fille cadette du chef suprême, qui l'avait vu d'en bas, elle, si habituée à voir tout de haut. Elle le trouva à son goût et fit tout pour lui plaire. Ariane était belle et assez sentimentale pour préférer le jeune capitaine à son futur désigné, un puissant barbon à trogne rouge. Ils devinrent amants.

Le premier nuage apparut sur leur bonheur quand Ariane se découvrit enceinte. Les ennuis allaient vite grossir avec le temps naturellement. Que faire alors ? Ils délibérèrent. L'heure pour eux était au changement de cap. Car le roi était vindicatif et son aînée était encore disponible pour lui fabriquer au besoin un successeur plus docile. Le scandale serait étouffé en même temps qu'Ariane si l'affaire était menée jusqu'à son terme. Le beau capitaine se voyait déjà écartelé par quatre chevaux.

Il fabriqua des ailes pour sa belle et lui apprit à s'en servir en secret. Zénon, le roi des dieux régional fut attendri par le sort des tourtereaux. Comme il était l'inventeur de la gravitation dans le pays, il se trouva bien placé pour en affranchir ses protégés. Un décret divin lui a suffi et les ailes de l'amour cessèrent d'être une métaphore.

Un beau matin à l'aube, Jason et Ariane s'envolèrent en direction d'un pays montagneux voisin où personne, pensaient-ils, n'irait les chercher.

Quoi qu'il arrive, quelqu'un est là toujours, prêt à l'improbable. Le témoin de leur départ ce jour-là, ce fut Ajax un alcoolique sale et, pour son malheur, un alcoolique honteux.

La tentation était là en permanence dans la cave de sa maison. Il avait hérité de quelques centaines de pieds de vigne. C'étaient ses enfants à lui. Il se dévouait pour eux. Reconnaissants, ils lui donnaient bon an mal an, de quoi étancher sa soif. Dix barriques ventrues sommeillaient dans le noir. L'escalier descendant vers elles était court. Du fond du gouffre, il remontait en titubant, hébété et repentant. Prêt à faire les louanges du chef des dieux local.

On riait de l'entendre vanter l'eau lustrale. Ses discours pâteux laissaient souvent perplexes. Il parlait d'un tigre lapant dans les fontaines, de l'aigle s'ébrouant dans les étangs, du ventre innocent de sa mère, des grottes marines où il irait après sa mort, d'un arbre géant flottant dressé sur la mer (!), du ciel descendu au ras de l'eau, d'un navire aveugle qui titubait, mât dardé au-dessus du brouillard, de la vigie éblouie vociférant face à l'astre en flammes, de palais engloutis où régnait une sirène à huit bras et trente-trois seins qui la rendaient si attirante, etc. À une époque où les poèmes surréalistes étaient encore considérés comme des messages divins, ses divagations faisaient un peu peur et les mères bouchaient les oreilles de leurs enfants.

Depuis quelque temps, un serpent – animal sacré dans ce pays – lui servait de foulard. Il allait jambes nues, culotte retroussée au-dessus du genou, sur la pointe des pieds comme un chat délicat. Ses prédictions se firent plus précises. La fin du monde était pour demain. La purification par l'eau, c'était pour le lendemain. Zénon le roi du ciel allait sévir. Les ivrognes repentis seraient placés à sa droite. Même les plus récents comme lui. Il devint encore plus bizarre ; on pensa que les affres du sevrage lui délitaient la cervelle.

Ses voisins l'avaient vu hâler ses tonneaux hors de la cave et déverser leur contenu dans l'abreuvoir des bêtes. Les résultats dépassèrent toutes leurs espérances. Ce fut trois jours de spectacle grandiose et gratuit offerts aux gens de la contrée.

Dans les prés, les vaches ruaient des quatre pieds à la fois, les cochons se surpassaient, c'était Gomorrhe, les chiens, eux, se croyaient à Sodome, les merles faisaient de la musique sérielle, les hirondelles volaient sur le dos, des ânes ôtaient leurs sabots, les poules pondaient des œufs en plein vol, les lapins grimpaient aux arbres, des hérissons dormaient à plat dos. On vit même un cheval s'envoler, un dindon dansant sur une corde raide, des ailes pousser à des truites, une oie marchant sur les mains, un loup en short à bretelles avec une veste en cuir doublée en agneau qui hurlait du haut d'un escabeau : « En vérité, en vérité je vous le dis, mesdames et messieurs, celui qui croit en moi a bien tort : je suis un loup pour l'homme et les brebis, j'aime les brebis, j'adooore les brebis ! » en montrant ses crocs luisants.

Des flammes sortaient de sa gueule, tellement il s'époumonait. On vit encore un satyre imberbe chaussant du quarante-six, avec des auréoles à sa veste claire, qui ventilait son accordéon comme pour l'arracher à la mort. Un nuage d'étincelles crépitait au bout de ses doigts. La sarabande inusable qui ruisselait de l'instrument courbait les têtes. « Pandémonium ! » grondait le loup.

C'est un corbeau qui mit fin au scandale. Il vint se poser sur la tête d'Ajax. Il fit « croâ-croâ » par trois fois et tout s'arrêta. L'accordéon vomit un dernier bouquet de triples croches puis une blanche pointée. La demi-pause qui suivit allait s'éterniser. Les animaux redevinrent des bêtes.

Pendant ce temps-là, Ajax avait roulé ses barriques vides jusqu'au pied d'un marronnier, le plus grand de la région. À la plus haute branche, il avait accroché un moufle – c'est curieux mais les objets sont souvent plus anciens qu'on ne l'imagine – et avec des chevaux abstinents, il avait entrepris de les hisser vers le sommet de l'arbre. Des madriers, des cordes, des outils prirent le même chemin.

D'en bas, les curieux rassemblés le devinaient au milieu de la verdure, en train de lier les barriques entre elles, attacher dessus en travers plusieurs madriers, clouer un plancher, une rambarde. Les quolibets, qui montaient, croisaient en chemin des vociférations, des prédictions sulfureuses, des appels au silence pour mieux entendre les premiers clapotis de l'eau sous le souffle divin. Personne n'osait le contredire, de peur d'attirer le malheur.

Son vaisseau ficelé, il y planta un mât, un bouleau fraîchement abattu dont le feuillage argenté faisait comme un plumet sur la chevelure du marronnier. Un lit en merisier partit pour la cime avec un matelas garni de duvet d'oison. Une jarre de cochonnailles suivit. Puis des cannes à pêche et des tas de choses que doit emmener un navigateur un tant soit peu sérieux au cas où… pour faire face à…

Vint la fuite du beau capitaine et de sa belle Ariane. Ils avaient cru partir discrètement. Mais Ajax était là, vigie sur son arbre, défenseur tardif et zélé de l'orthodoxie, d'un monde stable où la « créature verticale » était sobre et ne volait qu'en rêve. Insomniaque depuis qu'il ne prenait plus sa médecine, il passait ses nuits allongé face au levant, guettant l'aube du dernier jour. Il veillait. De loin, il vit l'envol des amants. Il se dressa sur son lit pour les insulter, les charger de tous les péchés, les alourdir. Rien n'y fit, ils s'élevaient.

Ajax s'en alla par la ville dénoncer les fugitifs. On crut qu'il avait encore glissé dans l'escalier de sa cave. L'heure va venir où mon navire s'en ira par le ciel. Le serpent maître des eaux me portera là-haut Je lui arracherai ses ailes au capitaine. Je ramènerai notre princesse.

À force d'appeler le désastre, il finit par arriver, comme on va le voir.

Il se mit à pleuvoir, à pleuvoir sans cesse et cela dura soixante jours d'affilée, allez savoir pourquoi l'histoire ne le dit pas. Si raison il y avait, la punition était sûrement justifiée disaient les vertueux. Toujours est-il que les eaux terrestres se mirent à gonfler. En bas, l'inquiétude monta avec le niveau de l'eau. Le potentat oublia ses rêves d'extension territoriale en contemplant du haut de sa tour, son pays en train de se rétrécir, au fil des jours.

Zénon, dont les mystères sont restés impénétrables, décida que le prévisionniste échapperait à l'eau. On ne s'étonnera pas dans ces conditions, qu'Ajax ait seul réussi à s'élever vers le ciel avec le désastre advenant, alors que d'autres, pourtant pourvus d'embarcations solides, des pécheurs il fallait croire, allaient être engloutis.

Bizarre ! bizarre, peut-être, mais c'est que tout simplement les lois physiques s'appliquant dans la région n'avaient pas encore acquis la stabilité qu'on leur connaît aujourd'hui. Certaines, déjà existantes, telle la gravitation pouvaient être suspendues, le temps d'un envol miraculeux vers le ciel, comme on l'a vu plus haut, d'autres manquaient tout simplement. La nature improvisait encore et intervenait directement. Si elle était décidée à lui donner un coup de pouce aux événements, elle le faisait sans que nul ne s'en étonne ! Par exemple de faire tenir debout l'arbre d'Ajax, un marronnier de dix tonnes. C'était donc un jeu pour elle d'envoyer par le fond tout ce qui pouvait flotter et porter un rescapé et sa ménagerie.

L'eau montait. Avec elle, les milliers de radeaux qu'on avait fabriqués et leurs chargements. Dessus, peut-être dix mille âmes nobles – les plus riches du pays cela allait de soi – qui regardaient éplorées leurs maisons s'enfoncer sous les flots, et aussi des bêtes embarquées à coups de trique, admises à fraterniser dans le malheur avec la crème des humains, tous assez naïfs pour croire être sauvés des eaux.

Le niveau de l'eau n'avait pas encore atteint le radeau d'Ajax. Il se remettait de ses efforts, couché sur sa couette. Du fouet et de la voix, il réglait les différents entre les bêtes admises sur son arche : un chien et ses puces, un couple de tourterelles amoureuses, un macaque frileux dans une dépouille de cerf et qui lui redonnait vie à chacun de ses mouvements, une chèvre qui bêlait de frousse en flairant le renard en laisse dans un coin du radeau, deux lapins géants dans une cage sous le lit, un coq et plusieurs poules sur une vergue, une chatte grosse perchée loin du chien, un rat qui se laissait porter par l'eau montante vers le radeau encore à sec, tirant des plans pour embarquer malgré le chat puant qu'il flairait, malgré le terrible serpent qu'il voyait là-haut, enlaçant le bipède vertical. Des canards attendaient sur une branche que leur élément s'élève jusqu'à eux. Une araignée tendait sa toile comme si de rien n'était. Il n'y avait ni éléphant, ni lion, ni ours, ni rhinocéros. Pas de femme non plus, et pas d'enfant, Ajax avait été intraitable.

Ils furent nombreux ceux qui affluèrent chez lui, se souvenant de ses prophéties. L'oiseau de malheur, l'hurluberlu avait donc eu raison. Ce grand homme serait leur sauveur. Dès qu'il les vit approcher, Ajax descendit vers les basses branches, armé d'une hache. Aux appels, il répondit par un prêche : la coupe débordait, Zénon le dieu local allait purifier la Terre. L'heure était pour eux à la résignation, à la prière, le sauvetage de l'humanité passait par leur noyade à tous. Et le retour de Ariane sur terre, par son radeau à lui.

Le ton monta avec le niveau de l'eau. Des cordes furent lancées. Ajax les coupa. On en lança d'autres. Il élagua les branches basses. Le sauveur repoussa l'assaut en fendant quelques crânes. Des hommes amenèrent une longue scie et se mirent à dix pour couper le tronc. Ils auraient tout fiché par terre si le dieu n'avait réagi. Le tronc resta debout, inébranlable malgré l'acharnement des créatures. La blessure du tronc se cicatrisait aussitôt derrière la lame. Les exhortations d'Ajax les révoltaient par son égoïsme.

De rage, on attela six chevaux au tronc et on les fouetta jusqu'au sang pour ébranler les certitudes à cet insolent, ce méchant poivrot repenti qui n'avait pas de leçon à leur donner. Rien n'y fit. L'arbre n'eut même pas un frémissement. Quand l'eau atteignit les branches basses, il n'y avait plus personne autour, exceptés les poissons qui parlaient tous à la fois : un éloquent silence.

Sur la plaine liquide, partout des remous, des tourbillons se formaient. Une dernière valse pour les bateaux, les radeaux avant de disparaître.

Le dernier à s'engloutir fut le navire du potentat, un magnifique deux-ponts qui avait résisté à plusieurs tempêtes. Une dépression se creusa sous lui. L'énorme masse obéit au tourbillon avec une docilité de fétu, et non à l'équipage qui pourtant mouillait sa chemise. L'eau se creusa. La pente devint falaise. Le navire spirala de plus en plus vite vers le fond de la gueule liquide. Là-haut la pupille de ciel se rétrécit. Il y eut un fracas assourdissant quand elle se referma.

Ajax avait vu le vaisseau disparaître dans l'immense entonnoir d'eau et, plus stupéfiant encore, un tronc écaillé surgir autour de lui et s'élever dans le ciel. Un tronc creux surmonté d'une gueule distendue remplie d'eau, un abîme où le bateau s'enfonçait, avec des fleuves qui retombaient de ses commissures charriant les débris d'autres naufrages, et une langue bifide le long de laquelle frémissaient des lueurs bleutées, et aussi deux crocs symétriques, des socs de glace éblouissante, saillant du palais. Un œil émergea, gris, vaste comme le parterre devant le palais du potentat, avec un regard minéral, lointain, terrassant qui vidait Ajax de sa substance.

Anéanti, il tomba à genoux et se prosterna un temps suffisant pour que cesse le désordre surnaturel, pour que le linceul des punis ait le temps de se refermer, de se lisser. Le dieu du ciel, en l'épargnant, confirmait le message des songes. Lui, poussière insignifiante, il allait retrouver la fille disparue et son beau capitaine. Il leva les yeux vers ses animaux et leur triviale innocence et cela suffit, son moi reprit sa belle envergure. Lui reprit son fouet.

L'eau s'était à peine apaisée qu'une colonne liquide jaillit de la surface, projetant au-dehors en mille morceaux toute la maison du tyran, non loin du marronnier où Ajax attendait encore l'heure du départ. La fortune s'abattit sur lui au milieu d'une pluie de débris.

Ajax qui n'avait jamais eu plus d'une écuelle à la fois, se retrouva avec de la vaisselle d'argent, un habit de soie sans manche, une bassinoire en cuivre, un livre doré sur tranche, un gratte-dos à manche d'ivoire, une lyre sans corde, un savon, la clé de la cassette royale comme l'indiquait un ruban attaché après, plusieurs culottes en dentelle, un miroir montrant une tête de fanatique, un pot d'onguent parfumé au jasmin, un monocle, du beurre salé dans une aiguière, un demi-parasol, une poupée qui persistait à sourire…

Un chou pommé flottait. La couronne royale tomba dessus et le fit couler. Une main coupée avec des bagues à chaque doigt atterrit sur la table, faisant sursauter les poules. Un recueil de poésie mystique dansa un moment sur un coussin moiré avant de sombrer. Le sceptre du roi estourbit un canard qui nageait aux alentours. Un perroquet sortit vivant du maelström avec l'aide du dieu du ciel son créateur. Il vint se poser tout ruisselant sur une haute branche et se mit à grincer : « Je te la mets où ? Merci ! »

La pluie d'objets s'était calmée depuis longtemps lorsque, du fond du ciel, descendit en tournoyant une page d'un traité sur les digues et les canaux. Le radeau d'Ajax, l'îlot ultime, était devenu la boutique d'un brocanteur sans clientèle.

L'eau monta encore et vint les libérer, lui et son arche. Le chat ne mangea pas le rat, le renard ne saigna pas les poules, le perroquet pinça le serpent, la lapine fit une famille nombreuse. Ajax veillait. À son lever, il lançait sa nasse, et attrapait du poisson, beaucoup de poisson. Ceux, qui n'aimaient pas cela, maigrirent et se querellèrent.

L'eau montait toujours. Avec elle, le radeau qui se rapprochait des nuages. Bientôt, son mât s'enfonça dans la brume, d'heure en heure plus épaisse, la labourant en tous sens car Ajax naviguait au hasard. Une poule s'envola d'une vergue et disparut. Ajax, intrigué, grimpa au mât. Il vit l'immensité, un soleil radieux et sous le choc, il dégringola sur son lit.

L'arche resta dans le brouillard un long moment avant d'émerger à la lumière. Les animaux ne firent aucun commentaire. Ajax les traita tous de porcs, de rester insensibles à la beauté du monde. Allongé, les mains derrière la nuque, il dérivait dans le rêve, faisant déjà des projets pour son après-mort. À la longue pourtant, il finit par s'ennuyer. La laideur avait du bon. On s'en lasse moins vite, estima-t-il.

Un jour, Ajax vit la couche nuageuse s'éclaircir, s'amincir comme un biseau de mer épousant une plage, et finalement s'interrompre. Le ciel était pur. Ajax s'assit à la proue, au grand soleil. Le vent se leva. L'eau changeait de couleur, un jusant tournant à l'émeraude, l'entraînait toujours plus vite.

Après des jours interminables à dévaler les flots, ils finirent par aborder dans un pays de montagne resté au sec, lui. Sur le flanc de la montagne dominant l'eau, un parc, un palais ; au second étage, une fenêtre ouverte et… devinez un peu qui on apercevait ? Ariane penchée en avant qui criait. Jason son capitaine se trouvait sur une terrasse plus basse, une machine à voler sur une table avec une aile déchirée, une autre où la cire avait fondue, laissant à nu le cuir et le fil de fer. C'était donc là que les fugitifs ailés avaient atterri, se dit Ajax. Quelle chance il avait, de les retrouver ! Rien d'intimidant pour Ajax et sa ménagerie, là, dans le spectacle familial offert à ses yeux. Du plus loin qu'il les vit, il les héla en agitant les bras.

Ariane et Jason les regardèrent approcher, muets de saisissement, reconnaissant l'hurluberlu visionnaire du pays d'en bas.

Un litre ou deux de vin après, requinqué, Ajax trouva pour les fugitifs les mots en euscadien à la hauteur pour décrire leur odyssée sur les flots, improvisant un poème épique, une chanson traduite en gestes et en mimiques aussi pour les gens du pays attroupés sur le rivage, des énormités comme à son habitude, que l'inondation n'était pas une simple affaire de plomberie localisée, que l'on se souviendrait du cataclysme jusqu'à la fin des temps et même au-delà, car le temps aussi avait été englouti. Les animaux approuvaient, chacun dans sa langue.

Après l'effarement, ce fut l'indignation. Ils ne pouvaient croire qu'Ajax ait songé à sauver du désastre des lapins, le coq lubrique et sa smala, et non la bibliothèque du pays noyé, un trésor de cent mille ouvrages !

Ariane prise de remords l'invectiva : « Et Papa, mon cher Papa ! Papa et aussi Maman et mon chat, ma nourrice et mon cheval Hadamard si fougueux que le feu lui sortait des naseaux ! Sans votre vanité, vous n'auriez pas emmené le macaque, votre vivante réplique, mais la psyché de maman, joyau unique au cadre serti de rubis avec au centre un diamant sans égal quand je me voyais dedans. La terre aura-t-elle jamais besoin de ce puant renard ? Avez-vous au moins songé à prendre une poignée de terre de votre patrie ? Et l'humérus de ma grand-mère enchâssé dans du quartz ? Votre perroquet chantera-t-il comme mon cymbalum que vous avez oublié ? Qui refleurira le monde avec des notes ? »

Jason, lui, aurait aimé que l'on sauvât son prototype d'hélice, plutôt qu'un cochon faisant double emploi avec Ajax. Ariane se mit à pleurer en reconnaissant la perruque de sa mère et son diadème sous les pattes du coq. Ajax eut à s'expliquer là-dessus. Il dit tout et même plus, que le serpent des eaux avait fait flotter son marronnier debout avant de le porter jusqu'aux cieux, lui et son arche, sur le bout de sa langue bifide, et qu'il avait vu dans le tréfonds de la caverne de son ventre, rougeoyer un brasier lointain, la punition des morts après la noyade des vivants.

Ariane sanglota de plus belle. Jason fit taire le sermonneur : « Zénon là-haut n'a nul besoin de vous. Vous n'êtes qu'un chien sur un chameau – un perroquet, on dirait en français. Sans votre folie, vous auriez songé – ah, mais quel désastre ! – à emporter la machine à abolir le temps ! »

Ajax crut à une insinuation malveillante concernant son alambic. Il attacha le radeau au débarcadère et leur fit la morale. Zénon avait aboli le temps, juste le temps qu'il les ramène au pays tous les deux et maintenant tous les trois avec la petite. Il pointa le doigt vers Jason :

— C'est vous le fautif. Oui, vous, l'inventeur des machines à voler. Si les humains se mettent à voler, dites, pourquoi pas les éléphants tant qu'on y est, ou les poissons !

— Pourquoi pas en effet, vociféra Jason, les cormorans marchent, volent, plongent. Le char du soleil n'est-il pas tiré par quatre chevaux ailés ? Superbe, il ajouta : l'avenir, c'est le progrès ! À l'instant même, il venait d'inventer l'idée de progrès.

Si vous aviez vraiment inventé l'avenir, vous auriez vu tout de suite la connerie à ne pas faire : mettre deux ailes à une demoiselle de haute lignée ! protesta Ajax.

Cautionné par le dieu du ciel en personne, Ajax leur fit un laïus sur la tradition. Le temps qu'il finisse, l'eau avait encore monté d'un mètre. C'est alors – voyez la coïncidence – que Cérès la fille d'Ariane se mit à brailler au premier étage. Et comme si c'était un signal, au même moment, le ciel retentit de carillonnages et, O prodige ! le niveau de l'eau commença à s'affaisser tout doucement comme un soufflé.

L'urgence était d'abord de restaurer les animaux et pour Ajax, d'aller se jeter sur les nourritures célestes trouvées aux cuisines. Après un temps de repos, on décida d'un commun accord que l'heure du retour avait sonné. Les préparatifs commencèrent. À la hâte, il fallut construire un second radeau, l'équiper et le rattacher au premier pour accueillir le couple et leur fille Cérès. Pris d'une inspiration subite, Jason alla chercher quatre tigres en bronze empruntés dans un salon d'apparat du palais et les cloua sur ce deuxième radeau. Il dressa une estrade et dessus, il posa un trône pour Ariane et sa fille Cérès et un simple fauteuil pour lui. C'était simple et royal. Il donna la main à sa femme pour s'installer dessus.

Jason lui aussi, tenait très fort à rentrer. Dans sa tête d'inventeur, l'idée était passée que l'univers marcherait mieux s'il rentrait au pays injustement victime de l'inondation pour aider à sa restauration. De retour là-bas au pays, il allait mettre en œuvre les projets d'inventions qui lui couraient dans la tête depuis leur arrivée dans ce pays de montagne. Et puis, dans son esprit trottait l'idée que lui, le gendre de l'ancien roi, il pourrait devenir le nouveau maître du pays retrouvé.

Ajax barra au hasard, porté par l'eau descendante. Ariane sur son trône dans le deuxième radeau se lamentait sur son sort d'orpheline. Jason, lui, élaborait les plans de ses inventions. Il allait par exemple capter le feu du ciel, l'énergie des orages et les mettre dans une sorte de moteur à éclairs, rendant ainsi inutiles les chevaux de trait. Pour ses compagnons de voyage, c'était parler dans le désert. Il était très en avance sur son temps.

Redevenu philanthrope, Ajax s'occupait du bébé d'Ariane, Les lapins venaient agiter leurs longues oreilles dans le champ visuel de la gamine Le renard lui promenait sa queue touffue sur le visage et se laissait arracher des touffes de poil sans broncher. Le coq était veuf et coqueriquait amèrement sur le toit du berceau. La chèvre assurait l'ordinaire. Ajax interdit au macaque de faire des grimaces devant la petite et pria le perroquet de changer de vocabulaire quand il lui parlait. Même le cochon, le paria de l'arche était heureux de partager l'intimité de la petite princesse née au ras du ciel, faite pour le ciel, pour les sphères supérieures d'où il serait toujours exclu.

Des jours et des jours à regarder l'horizon et puis l'espoir revint un beau matin quand Ajax aperçut une terre à l'horizon… Qui se révéla être la leur, O miracle ! leur chère patrie très reconnaissable de loin. Le courant mena l'arche jusqu'au rivage où elle finit par aller toute seule s'échouer, ses passagers à demi morts, soûlés d'eau, crachant leur bile, grincheux.. Seuls le bébé et le cochon ne furent pas malades. C'est presque indécent de faire le rapprochement mais il est bon de souligner tout ce qui rapproche.

Le niveau de l'eau était revenu à son niveau initial, le cours des choses aussi. Jason arrivait trop tard pour faire valoir sa parenté avec le roi disparu et réclamer le trône vacant. Entre-temps, un général avait pris le pouvoir laissé en jachère. À titre de consolation, Jason qui avait inventé l'avenir, on l'a vu, fut chargé de le développer. On lui construisit un palais de la découverte rien que pour lui. On peut être sceptique je vous l'accorde sur cet aspect moderne des choses. Et pourtant, les intuitions fulgurantes ont toujours existé. Même dans les temps mythiques, il a dû se trouver des anticonformistes comme Jason pour envisager de façon confuse les concepts d'Histoire, de progrès, et le dire, même si cela passait alors pour du charabia enfiévré.

Voilà, c'est tout ce que je peux rappeler de cette odyssée si je m'en tiens strictement à ce qu'en a rapporté Ajax. Vingt récits différents étaient possibles ; c'est sa version, vraie ou fausse ou simplement arrangée qui a été figée dans le marbre. Le rêve, quoi pour lui ! Tous les plumitifs apprécieront.

Et les gens sur terre, les animaux, qu'étaient-ils devenus ? Mystère. Tout ce qu'on peut dire c'est que l'Euscadie, le pays retrouvé, était loin d'être désert, preuve que beaucoup avaient échappé à la noyade, l'histoire ne le dit pas. Finalement Zénon n'avait pas été si impitoyable qu'Ajax l'avait observé depuis son perchoir flottant, c'était clair.

Ce qu'il advint des personnages de cette aventure, après ça, si Jason a poursuivi ses projets d'envol de plus lourds que l'air sans l'assistance bienveillante du ciel, si Ariane fit des conférences itinérantes dans le pays pour vanter aux amateurs la formule de voyage inédite mixte air/mer qui lui avait permis de découvrir ce pays de haute montagne inconnu jusque-là, où elle avait accouché de Cérès, si elle fit à son mari d'autres enfants entre ses inventions successives, si Cérès, la fille aînée d'Ariane devenue grande, épousa le fils du nouveau monarque en place et s'ils vécurent heureux ou se séparèrent avec fracas, si, que sais-je encore, Ajax replanta de la vigne ou bien se reconvertit et devint le gérant d'une source thermale après sevrage, je l'ignore.

Mais si leur sort importe aux lecteurs, eh bien qu'ils l'inventent !

***

C'est ce que n'ont jamais manqué de faire, notons-le, de nombreux conteurs qui trouvaient trop plate, trop convenue la fin de l'aventure avec ce retour simple au bercail. Pour la corser, ils ont imaginé des fins plus nobles, plus palpitantes où projeter leur imagination.

Ainsi, le lieu d'échouage du radeau à la fin du voyage aller par exemple, ce ne fut pas un vague pays montagneux indéfini comme le prétend Ajax dans son récit mais une sorte de paradis.

Quant à Jason et sa femme, ils meurent hélas durant le voyage de retour, punis pour avoir commis des actes sacrilèges. Non content d'avoir dégondé quelle audace, la porte du paradis pour en faire le deuxième radeau, il a fallu que Jason fracasse aussi à coups de hache un bloc de cristal du feu sacré pour en ramener des morceaux sur terre.

Il n'était pas à cela près. Sa logique n'avait pas de bornes, ses intuitions gardaient tous leurs angles. Ce qui était faisable devait être fait contre vents et inondations. Il portait ses idées au-dessus de lui, comme une couronne. La justice était l'huile dans les rouages de l'horloge du temps. En l'occurrence, elle valait bien un désordre. Jason, devenu une sorte de Prométhée, quoi ! Rien que cela !

Avant d'être engloutis elle et lui, Jason a eu le temps de lancer à Ajax le berceau de Cérès, leur gamine pour lui épargner la punition.

À la fin du voyage de retour, le seul radeau restant aborde non pas dans leur patrie d'origine, mais dans un territoire inconnu dirigé par un prince qui voulut bien accueillir les naufragés. Se trouvant sans enfant, le prince et son épouse adoptent cette petite tombée du ciel. C'est sur cette base, ce socle que se sont amorcé de nouveaux développements, de nouvelles aventures.

Où l'on découvre en les lisant que Cérès va faire une longue pause dans ce pays exhumé hors du temps, le temps justement de grandir beaucoup, avant de reprendre le chemin du ciel. Adolescente, elle va être enlevée dans les jardins du palais où elle se balançait et lançait des coups de pied à la lune, par un renne volant qui l'emporte vers un territoire magique dirigé par un dieu, une sorte de gentleman-farmer, de patron d'hacienda sud-américaine.

Un conteur de livre pour enfants un peu facétieux a imaginé en ces termes la scène de l'enlèvement :

« Elle cessa d'envoyer des coups de pied à la lune lorsqu'elle vit, entre deux mimosas en fleurs, un renne immobile qui la regardait. Avec ses longues ramures d'argent, il ressemblait à un arbre en hiver. L'arbre bougea, les branches s'inclinèrent, les yeux bordés de cils soyeux se fermèrent. Il se mit à chanter. La chanson était à la gloire de son maître, l'inventeur de la machine à peindre les zèbres et des nombres transcendants si commodes pour écourter les devoirs de maths et allonger les parties de balançoire. Sa belle voix de baryton plut à Cérès. L'idée de faire un tour sur son dos aussi. Une échelle de couvreur, le long d'un mur, lui servit à grimper sur son dos.

Le renne marchait à petits pas, s'arrêtait pour brouter un peu et repartait sans but apparent. Sans qu'elle s'en rendît bien compte, il s'éloignait du palais. Parvenu derrière une haie vive, le renne prit un petit trot saccadé, à la joie de Cérès. Ses nattes firent la gigue lorsqu'il prit le galop, allongeant peu à peu sa foulée. Cérès cessa de rire. Elle serra plus fort l'encolure de l'animal, le menaçant de le faire embrocher et rôtir tout vif par le cuisinier, un homme terrible avec des dents de devant en métal et une fourchette féroce, s'il ne la déposait pas immédiatement. Laisse-toi faire, rassurait le renne, je vais jusqu'au mur d'enceinte et je reviens.

Son galop s'allongea encore. Cérès appliqua son visage contre la robe grise pour ne plus voir. Après quelques bonds superbes, l'animal en fit un autre, trop prodigieux pour être honnête. La fillette ouvrit les yeux. Ils avaient quitté le sol et s'élevaient comme dans un rêve. Le renne passa au ras du mur du parc, n'évitant l'accrochage qu'en escamotant les pattes au dernier moment. Cérès se mit à pleurer, à crier. Pas longtemps. Le bouleversement de l'envol éteignit vite son chagrin. Le vent dissipa le brouillard de ses larmes.

De l'autre côté du mur, la ville se déroulait en pente douce. Eux s'élevaient toujours. L'animal escaladait le ciel, métrant l'air de son énorme foulée. Cérès en prit son parti avec le réalisme de son âge : les rennes volants existaient bel et bien. L'étrange équipage passa au large du temple en tôle ondulé, orgueil du pays. Le canard d'acier au sommet de la flèche, se détourna de la direction du vent pour les regarder passer et les suivit longtemps de ses yeux globuleux. Depuis ce jour, dit-on, il a perdu le nord, il pivote sans cesse et fait de brusques tête-à-queue au moindre bruit.

Les rues étaient désertes. Cérès suivit des yeux un policier protégé du soleil par un bicorne blanc, qui moulinait des bras pour faire avancer des courants d'air et quelques cyclistes. Sur une terrasse, elle vit un homme et une femme tout nus qui se battaient pour de faux, roulant d'un bord à l'autre d'une couverture rouge. L'homme eut vite le dessus mais c'était de la triche, car il était beaucoup plus fort physiquement.

Vu d'en haut, le vieux quartier paraissait tout étriqué, avec ses rues étroites, ses rangées de linge multicolore séchant entre les immeubles. Au-delà du serpent fluvial, commençait la banlieue avec ses pavillons de brique rouge, ses usines avec leurs hautes cheminées. Cérès vit deux jambes qui gigotaient hors de la gueule de l'une d'elles et salua machinalement. La campagne arriva, glissant à toute vitesse sur un plan incliné. Un grand champ de cumulo-nimbus fondit sur eux, du plus loin qu'il les vit et les engloutit. »

Passons sur le reste du voyage aérien proprement dit qui est fort long. Cérès a gentiment patienté sur le dos de la bête se disant qu'un dieu possédant un renne volant si plein de zèle, méritait considération. Sa patience va être récompensée, on va le voir.

En termes plus lyriques, plus exaltés, voilà comment un poète de ce temps-là, a décrit la scène légendaire de l'atterrissage :

« Le renne se posa dans une plaine et soudain sans qu'il fît pourtant un quelconque mouvement, son dos se mit à bouger, à s'élever La lente ascension avait quelque chose d'effrayant et Cérès recula vers l'arrière-train du renne. Assise à califourchon, elle se pencha pour voir le sol s'éloigner d'un mouvement continu de plus en plus rapide. Le renne croissait immobile, se transformait et ô prodige ! se transmuait. Les sabots étaient devenus des bulbes violacés. Par centaines, des racines en sortaient et s'enfonçaient dans le sol. Les jambes, irriguées, changeaient d'apparence, devenant des troncs fluets gémeaux. En grossissant, ils se rapprochaient, se soudaient en un tronc unique. Qui s'unifiait avec la tête, l'encolure et le poitrail pareillement en voie de minéralisation ; pour ne plus former qu'une grande colonne. La peau tout entière se scarifiait, laissant suinter un suc résineux âcre. Partout la chair se lignifiait. Le sang devenait sève, le renne devenait sylve…

Et puis les bois eux-mêmes se sont mis à grandir, à épaissir, poussant vers le haut des ramifications compliquées qui ne cessaient d'enfanter, portant leurs rejetons toujours plus haut. Et toutes ces générations successives montaient sans fatigue vers le ciel, en se diversifiant. Un tronc unique toujours croissant, nourrissait sa famille, à la fois foule quémandeuse et armée hostile de piques et de dagues prêtes à investir la couche grise.

Lorsque les ultimes rameaux, à force de s'élever, s'enfoncèrent enfin dans les nuages, ce fut comme s'ils avaient crevé une paroi étanche et offert une multitude de voies de descente à un fluide incandescent. Cérès vit des coulées éblouissantes courir le long des branches, vitrifiant tout sur leur passage. Le fluide progressait rapidement le long du réseau végétal, remontant le delta sylvestre, ruisseaux, rivières se fondant en un large fleuve coulant à pleins bords tout le long du tronc.

Au moment où le feu entra dans le sol, des bourgeons gonflèrent partout sur les branches et s'ouvrirent tous à la fois. Par ces abcès jaillirent des feuilles, des myriades de feuilles tendres. La boule de feuillage grossit encore. Une véritable cataracte de vie dégringolait du ciel. Avec elle, l'accompagnant, on vit un fleuve piaillant d'oiseaux cascader depuis la cime de l'arbre, poussant par instants hors des frondaisons, des tourbillons frétillants d'ailes. Par une ouverture du feuillage, un calicot blanc qui descendait du ciel apparut, festonnant entre les becs des oiseaux qui le tenaient, sur lequel était écrit en lettres de feu : Bienvenue chez le grand seigneur d'en haut.

Alors Cérès, comme une voix tombant du ciel l'y invitait, entreprit d'escalader l'arbre jusqu'en haut. Impatiente de voir le pays de rêve, elle se hâta le long de l'escalier naturel de branches qui s'enroulait autour du tronc, sans un regard en arrière. Au moment de traverser le nuage, comme elle hésitait, une voix géante en sortit pour guider ses derniers pas.

De l'autre côté, elle entra dans un endroit vraiment magnifique avec plein de lumière partout. Prévenant, l'accueillant seigneur du lieu vint gentiment la prendre par la main. Un pays dans le ciel, il fallait le voir pour le croire. De la lumière chaude et fondante ça oui, des prairies en quantité illimitée, qui lui donnaient envie de courir et de jouer, mais pas l'ombre d'une copine. Faute de mieux, elle se rabattit sur les zèbres que le grand seigneur en personne fabriquait en appliquant de la peinture noire sur des chevaux blancs ou de la peinture blanche sur des chevaux noirs. C'était facile, ils pullulaient dans la région. Apparemment c'était un pays de chevaux. Ils parlaient certes mais aucun ne savait jouer à la guerre ni à chat perché ni aux chaises musicales, des jeux simples pourtant ! Ils comprenaient tout de travers ! La copine que lui avait fabriquée le bonhomme avec une jeune pouliche peinte en rose, avec une perruque et une robe à fleurs, était une vraie gourde… »

Finalement Cérès ne tarde pas à s'ennuyer et parle de retourner chez ses parents. Le seigneur du lieu comprend que les humains se lassent de tout y compris de la perfection, qu'il est condamné à se surpasser constamment, à innover beaucoup ; ce qu'il fait en complétant la distribution des rôles pour son théâtre céleste avec quelques fuyards qui apparaissent successivement dans la plaine et trouvent leur salut dans l'escalade de l'arbre magique.

C'est bien qu'il soit dit que le roi du ciel ait été condamné à se surpasser constamment, à innover beaucoup ; car l'étincelle qui vacille dans leur crâne rend les humains aptes à admirer son œuvre. C'est la morale de l'histoire : d'acte gratuit, la création devient un art. Les spectateurs font le magicien. L'utilité du créateur dans le ciel devient ainsi incontestable.

Depuis la nuit des temps, la légende s'est enrichie de nombreuses variantes. Chaque époque l'a actualisée pour mieux se l'approprier, Un certain Pitax'l, historien de l'Euscadie, a recensé toutes celles dont Cérès est la figure centrale.

Parmi elles, une version enrichie où sont définis et précisés les personnages qui rentrent en scène et rejoignent Cérès sur son arbre :

« Il (le seigneur du ciel) fit un geste et un messager ailé plongea vers la terre d'en bas avec mission d'en rapporter un précieux fardeau abandonné au milieu d'une clairière, dans une forêt livrée aux loups. C'était la nuit. Un bébé criait et s'agitait dans un panier d'osier. Autour de lui se resserrait une ronde de dents luisantes et d'yeux rouges. Un grand mâle gris hérissé menait l'encerclement, flairant à distance le nourrisson pisseux et sucré. Ce fut rapide. L'oiseau noir tomba du ciel entre les arbres et saisit l'anse dans son bec. Le temps qu'ils bondissent et déjà la proie était à hauteur des cimes.

Les loups s'assirent en rond pour dire leur colère, leur désolation. Le grand seigneur, qui avait l'œil à tout, débusqua tout près d'eux un vieux mouflon au souffle court. Ils se vengèrent sur lui.

Le berceau fut ramené dans le pays d'en haut. Ses parents, expliqua le grand seigneur, règnent sur un pays de landes et de forêts. Une cartomancienne leur a prédit que leur fils aîné, le lardon braillard, descendrait un jour du ciel. Ce qui effraya son père, un roitelet sans imagination accroché à ses mottes de terre. Un serviteur fut chargé de faire disparaître ce bébé de mauvais augure qui ne pouvait que leur apporter le malheur. L'homme n'a pu se résoudre à sa mission macabre. Il a laissé aux innocentes bêtes féroces le soin de trancher le fil.

Cérès fit la moue : il était trop petit pour jouer ! Patience mon enfant, expliqua le grand seigneur. Je vois venir Elias, le fils d'un propriétaire. Une génisse s'est échappée de leur troupeau. Depuis deux jours, il court à sa poursuite. Son père l'a menacé du fouet s'il ne la ramène pas. La fugitive, qu'il suit à la trace, l'a amenée loin de sa campagne. Une surprise de taille l'attend sur sa route, il ne le sait pas encore.

Et d'autres fugitifs. Qui ? Mais, voici Bérénice, treize ans. Sa mère a un peu aidé son premier mari à disparaître. Elle s'est remariée à un roulier brutal qui la bat. Bérénice se méfiait de cet homme sournois au regard lourd. Il y a peu, une grosse charrette s'est arrêtée devant l'auberge où elle travaillait. Décidée à partir à tout prix, Bérénice s'est cachée à l'intérieur sous une bâche entre deux tonneaux de choucroute et la voilà en route pour rejoindre le domicile de sa tante.

La joie de Cérès était mitigée :

— Croyez-vous que ce soit le paradis pour moi de jouer avec un gardien de vaches et une fille d'empoisonneuse qui sent le chou ? Le seul qui soit vraiment de mon rang a été tiré de la gueule d'un loup et parle avec son estomac quand il est vide !

Elle se pencha vers le bébé pour lui fouailler l'aisselle d'un doigt qui se voulait chatouilleur. Il poussa les hauts cris. Cérès guida le pouce du braillard vers sa bouche distendue et le berça. Un merle vite appelé vint faire une imitation de rossignol et l'ordre revint sur la beauté du monde.

La chasse aux amis continuait sur terre. Le grand seigneur lui parla d'Athos, un jeune garçon en fuite. Des bandits l'ont enlevé sur le chemin qui le ramenait à la ville chez ses parents, des commerçants aisés. Zoé, une jeune femme de la bande, l'a sauvé de la mort. Elle a détourné de sa tête le pistolet du plus excité, en suggérant d'en tirer une rançon. L'idée a plu. Une vie sauvée, c'est comme une re-création. Les futurs voleurs, qu'elle engendrera par la suite, compteront moins pour elle que la victime épargnée : c'est un mystère. Petite humaine, dit le grand seigneur, tu le trouveras beau.

La femme des grands chemins l'a regardé dormir. Avant l'aube, elle l'a secoué. De son doigt pointé, elle a montré toute proche, la corne d'un champ tout hirsute de seigle. Dans sa poche, elle a glissé une galette qui sentait le suif.

— Zoé, c'est mon nom ; souviens-toi de moi. Ta vie m'appartient. Ne la gâche pas !

Pendant qu'il s'éloignait en rampant, la capiteuse Zoé est allée détourner l'attention du garde.

Qui vient là aussi… tu seras surprise petite ! : voici Alban un jeune jongleur avec un ouistiti perché sur l'épaule, attelé à une petite carriole tintinnabulante. Il s'est échappé d'un cirque ambulant miteux. Il fuit un patron de cirque dresseur de chiens qui aboie sur lui comme sur ses bêtes et veut le faire lui aussi sauter au travers de cerceaux. À ses côtés, sa copine Daphné, la fille du dresseur de chiens, une belle gamine élancée à l'ondoyante chevelure qui aspire à l'aventure. C'est une acrobate en herbe qui sait aussi danser sur corde. Elle est mal fagotée avec son collant rose trop grand pour elle qui plisse sur ses jambes nerveuses. Dans la carriole, le maigre équipage qu'ils ont pu emmener.

Bientôt, Athos verra l'arbre. Elias le jeune bouvier aussi. Sa génisse s'est laissé rattraper et passer le licou. Il la suit, dompté. Bérénice ne sent plus le chou. Profitant d'une halte dans un village la nuit, elle a sauté à bas de la charrette et s'est esquivée. Elle a pris un bain dans une rivière, s'est séchée en se roulant toute nue dans un champ de lavande puis a remis sa méchante robe à volants toute froissée et son bonnet gris. Essoufflée, elle se hâte ; au moindre bruit, elle se tapit, tellement elle a peur.

Les fugitifs ont convergé vers l'arbre immense visible de loin. Sa taille leur a fait croire qu'ils étaient parvenus aux confins du monde, là où s'élèvent les piliers du ciel, là où l'on risque aussi de tomber dans l'estomac sans fond du dieu d'en bas. Plus moyen d'avancer. Car, au loin, ils entendent des aboiements, des appels multipliés par le vent…

— Toi, là-haut, cet arbre est-il un colossal perchoir d'où l'on ne descend plus, demande Athos ?

— C'est l'escalier d'un paradis ennuyeux comme la beauté. Grimpe négoce, profites en pour t'élever un peu !

— Négoce ? proteste-t-il. Mon père est orfèvre, s'il te plaît. Il règne sur l'or. Les rois sont ses vassaux.

— Alors, monte gouverner les choses !

Ce qu'ils virent et firent chez le grand seigneur, ce qu'ils y apprirent à part de voir les choses ici-bas d'un peu plus haut, l'histoire reste bien vague à ce sujet. N'y avait-il personne d'autre là-haut, à part les chevaux qui pullulaient d'après Cérès ? Si oui, cela expliquerait que le seigneur d'en haut ait été si désireux, si impatient d'accueillir chez eux cette jeunesse en fuite. Ce sont des questions triviales que les vrais amateurs d'histoires un peu merveilleuses ne se posent pas. En tout cas, personne par la suite ne se plaignit de son séjour là-haut.

Le pourquoi et le comment de ce conclave en centre aéré céleste de personnages aussi disparates restent vagues. Les tentatives laborieuses qui ont été inventées pour le justifier sont fades, indigestes et n'expliquent rien.

Sauf la plus récente née de l'essor des mouvements féministes en Euscadie qui fait tenir debout et justifie enfin ce rapt à dos de renne et cette montée au ciel de Cérès inexpliquée et d'apparence purement gratuite. Si le seigneur du ciel l'avait fait venir à lui, c'est qu'il se sentait vieux et l'avait choisie, elle, pour héritière. Dieu allait, à sa mort prochaine, devenir une femme… Enfin ! juste retour des choses après des millénaires de domination masculine. Un nouveau chapitre de l'histoire de l'humanité était à écrire.

Toujours est-il, revenons à l'épilogue, qu'à l'issue de ce conclave au long cours, en repartant du ciel chacun avait trouvé sa chacune.

Athos le fils de l'orfèvre et Bérénice, la fille de l'empoisonneuse, unis par leur expérience commune au ciel, se sont mariés. Bérénice est devenue très élégante. Athos a couvert sa femme de tant de bijoux, de pierreries qu'elle lui servait un peu… de deuxième éventaire pour son commerce ! Elias, le bouvier, lui, a repris l'exploitation paternelle de son père décédé entre temps ; il s'est mis à l'élevage… des autruches !

Les deux jeunes artistes en fuite Alban et Daphné, devenus grands, ont repris leur vie de saltimbanques en tournée faisant sur la piste tous les deux un numéro d'antipodistes apprécié et hors la piste, un couple d'amoureux inséparable… jusqu'au jour où l'inconstante et ambitieuse Daphné lassée de sa vie de saltimbanque, a quitté Alban pour le directeur d'un cirque important séduit par sa grande beauté.

Quant à Octave ; le fils du roi sauvé des loups, Cérès le choisit comme mari. La prédiction qui avait tant effrayé son père, elle se réalisa : comme époux de Cérès, il descendit avec elle du ciel par l'escalier de branches, comme prédite à son père par la cartomancienne ! L'avantage avec une prédiction sibylline, c'est que l'on trouver toujours facilement un fataliste naïf pour la croire convenir à sa propre situation.

Ainsi va la vie des personnages de conte rendus après usage à la liberté, redevenus les jouets du hasard, bouchons flottant dans le courant de leur vie, promis maintenant à l'oubli rapide ayant perdu la plume qui les avait un temps fait naître.

Les conteurs euscadiens ont réussi à bâtir une histoire à rebondissements à partir d'une trame assez mince finalement si on la réduit à son squelette. Cette aventure héroïque d'Ajax se débattant avec sa ménagerie au milieu des flots du déluge par exemple, qu'en dirait-on si on devait la résumer en quelques mots seulement ? Qu'il s'agit d'un sinistre avec dégâts des eaux suivis d'une violation de domicile, d'un vol de pierreries par effraction et d'un enlèvement consenti, d'un fait divers sensationnel c'est vrai mais qui sera vite oublié, bousculé par ceux qui vont tombent les jours suivants.

***

La version amplifiée, que je vous ai rapportée, fourmille d'invraisemblances et d'anachronismes. Elle situe les événements plus près du ciel que de la terre. À l'opposé, cependant, on pouvait lire une autre version hélas tristement réaliste, au ras des labours où le père de la fillette n'était pas prince mais un simple ouvrier agricole. La mère faisait des ménages et l'animal enchanté était… une simple mule !

La profession de conteur a aussi ses sans-grades, que voulez-vous !

Autre idée avancée, triviale et complètement absurde : c'était de prétendre que les poulets au retour de l'expédition étaient sur le deuxième radeau et avaient coulé avec lui, ceci pour expliquer que le poulet en temps qu'espèce n'existait plus dans le pays ! C'est notoirement faux et aisément vérifiable de nos jours en parcourant l'Euscadie.

Le labyrinthe

Le hasard a joué un grand rôle dans l'évolution historique rapide d'un petit pays bien oublié de nos jours : l'Ourassie, une contrée semi-désertique tout à fait ailleurs, loin d'ici, loin de tout en fait, sauf de son plus proche voisin, l'Asram.

Il ne se s'était jamais rien passé de particulièrement notable jusque-là dans ce pays. Et puis, un jour, tout a changé : en cause, même si c'est difficile à croire, un anodin vol de libellules observé dansant au-dessus d'un ruisseau un soir d'été (quoi de plus imprévisible !) qui, de fil en aiguille, allait déclencher une grande bousculade d'événements, une véritable révolution.

Un mystère obsédait depuis longtemps les Ourassiens, la présence dans ce pays voisin, d'un monstre invincible. Il était, disait-on, tapi au centre d'un labyrinthe qu'aucun de ceux qui avaient jusque-là tenté de le découvrir n'avait réussi à le faire. Manque de chance ? de persévérance ? Comment justifier ce mystère ?

Les spéculations ne manquaient pas. À l'impossible, nul n'est tenu, avançaient les malchanceux, nul ne peut trouver une chose s'il s'avère comme fort probable, qu'elle est parfaitement transparente, à moins de se cogner le nez dessus par hasard. Une autre hypothèse plus paradoxale, était encore possible, s'égayaient à le rêver certains beaux esprits, en se caressant le menton : le labyrinthe en question aurait un caractère magique, son existence serait d'ordre métaphysique. Et le monstre ? Dans le même ordre d'idées, si on suivait la même pente de réflexion, le fameux monstre en son centre alors ce serait une pure vue de l'esprit, une petite chose presque insignifiante et ce serait simplement la peur qui projetait son ombre noire gigantesque sur le mur de nos obsessions !

L'explication classique que l'on avançait en Ourassie, c'est que la bête en sa maison inconnue réclamait une sorte de contribution de passage, comme un octroi, une dîme de chair humaine, un impôt du sang prélevé sur ceux qui avaient la malchance de traverser son empire, beaucoup de jeunes, filles et garçons partis à l'aventure vers le pays voisin, et pas les moins beaux, pas les moins prometteurs, qui ne revenaient jamais. En tout cas, c'était un mode d'imposition indigne de pays civilisé. Il fallait que les Asraméens soient bien des barbares de tolérer sur leur territoire cette connivence avec un tel monstre. Fallait-il qu'ils aient peur de lui! Mais qu'y faire ? consentir hélas !, accepter cette fatalité inéluctable si on voulait entretenir des relations, commercer normales avec les voisins, en attendant de pouvoir faire autrement. Et tant pis pour les malheureux, cette belle jeunesse injustement sacrifiée, les pauvres qui se faisaient manger, attrapés par la bête !

Ils étaient loin d'imaginer ce que l'avenir allait leur révéler, que ce monstre détail troublant, ne menaçait personne, ne demandait rien. Ses victimes allaient à lui de leur plein gré. Son mystère allait les fasciner ; c'est la gloire pour un séducteur : séduire par sa seule réputation.

Il fallait en finir avec cette incertitude dérangeante, cette saignée, envisager sérieusement de mettre le monstre hors d'état de nuire, utiliser des moyens de coercition si on ne pouvait faire autrement.

Ce qu'on ne leur disait pas car trop sombre et inavouable, c'était qu'il fallait éloigner à jamais de l'Ourassie les jeunes hommes, nés vingt ans auparavant, le premier jour de l'été. Pourquoi ? Parce qu'un mage réputé avait interprété les figures dessinées par des libellules bleues voletant au-dessus d'un ruisseau, ces fameuses libellules, et prédit « qu'un enfant né le premier jour de cet été-là régnerait sur la houle ! Il sera grand, on le craindra ; même les dieux ! » C'était là le message.

Le chancelier Djouloun convoqua son conseil. Les libellules ne parlent pas, dirent les sceptiques. Il était prodigieux qu'il y en eut, des sceptiques, à une époque où les dieux se mêlaient à tout propos des affaires humaines. Mais si, mais si ! protestèrent certains de ses conseillers : sans la poussée du dieu X, on coulerait au fond de l'eau ; sans le dieu Y, on s'en irait jusqu'au ciel au moindre bond en l'air, etc. Djouloun faisait la moue. Qu'importe la prophétie si elle ne me concerne pas, se disait-il. L'enfant à naître régnera sur la houle, ailleurs donc ; et alors ? Grand bien lui fasse.

Méfiez-vous Chancelier, de la traîtrise des images dit un vieux sage, plein d'expérience. La houle peut être une infinie succession de collines ou toute chose fluctuante : l'avenir, la pensée, le cours de la monnaie, mais aussi, qui sait, l'ordre successoral à la tête de notre pays ; un rival futur pour vous, Chancelier qui sait. Danger !

L'avis méritait considération et étude sérieuse, se disait Djouloun en songeant à ses nombreux rejetons.

Le temps n'était plus aux tentatives individuelles, au petit bonheur la chance de tournées commerciales menées jusqu'ici en Asram qui n'avaient rien donné. Pour éliminer tout risque, trêve de rêveries, de spéculations plus ou moins fantaisistes, il fallait lancer une véritable expédition dans le pays voisin, une sérieuse celle-là pour y découvrir le labyrinthe et tuer la bête une bonne fois pour toutes. On enverrait les jeunes gens en question, les filleuls de Djouloun, participer aux recherches et on s'arrangerait pour qu'aucun d'eux n'en revienne vivant. La question des possibles conséquences néfastes de la prédiction ainsi serait réglée en même temps.

Djouloun et son conseil « vendirent » le projet à leurs citoyens au nom de la sécurité : tuer le monstre, c'était se libérer une bonne fois de cet impôt du sang qui faussait le jeu.

Personne ne prêta attention à l'envoyé très spécial chargé par le roi de « couvrir » le voyage et préparer leur fin tragique. C'était un prêtre, un homme curieux de nature, un esprit spéculatif qui s'était fait une réputation en écrivant un vaste traité sur les labyrinthes et dédales. Le roi le protégeait, c'était son alibi culturel. La politique était son dédale à lui, un dédale mouvant qu'il avait l'impression de mal connaître encore malgré quinze ans de pouvoir. Son art de gouverner était un recueil de recettes éprouvées. Il leur manquait la rigueur, la froide beauté des lois. Les démonstrations impeccables de son spécialiste flattaient son sens esthétique, même s'il ne les comprenait pas toujours.

Mille et une nuits n'auraient pas suffi à Haz'ar, c'était son nom, pour faire le tour de ses connaissances. Il avait le défaut des esprits systématiques. Son intention initiale avait été de faire simplement le point sur un certain type de construction. Mais quand il s'était avisé des prolongements symboliques du sujet, de ses ramifications possibles, l'arbre lui donna le vertige. Il décida d'y grimper, toute sa vie s'il le fallait, pour explorer l'arbre en entier. C'était un rêve chimérique, même pour l'époque, de traiter de toutes les fins obscures et des moyens d'y parvenir à tâtons. Son traité sur les labyrinthes a débouché sur un delta : une histoire de la pensée. Avec le recul, il apparaissait aussi bien sûr, comme un ouvrage sur… la géographie de ses lacunes !

N'empêche, les dieux qui avaient encore figure humaine, froncèrent les sourcils devant la tentative orgueilleuse d'empiétement d'une de leurs créatures et le firent savoir par une prophétie énigmatique que même Haz'ar ne comprit pas. La punition le prit sur le tard et par surprise. S'il fut rongé, ce ne fut pas par l'appréhension de sa fin.

Haz'ar s'était caressé le crâne, l'air songeur, quand on avait parlé du monstre et de son palais soit invisible soit introuvable. Il écarta d'emblée l'explication magique. On le comprend, car que deviendraient les bûcheurs comme lui si l'on devait tout arranger par le surnaturel ! Une explication rationnelle tomba du haut de son intelligence. Le labyrinthe en question était effectivement d'ordre intellectuel. L'esprit ignorait tout, ce qui est caché ainsi que le chemin qui y menait. Rien n'était matérialisé ; pas de mur, même pas d'entrée. Un labyrinthe invisible, cela signifiait qu'il existait quelque chose de bien réel remplissant sa fonction dédaléenne sans que l'on en eut conscience. Le monstre si séduisant, c'était la connaissance. L'attrait qu'il exerçait sur les jeunes s'expliquait donc. On va voir que son hypothèse était très loin d'être idiote. Il la garda pour lui.

Les filleuls du roi, une demi-douzaine, solidement encadrés par des gardes armés jusqu'aux dents, en tête d'une caravane imposante, se mirent en route. Une semaine de marche en direction du soleil levant et l'Asram se trouva en vue.

On les accueillit avec étonnement : « un monstre ici en Asram, vous dites ? Non, il n'y a rien de tel... on vous aura mal renseignés… » ou plus souvent avec un mélange de scepticisme et d'ironie : leur indiquer « la route du monstre », comme on ferait à des touristes, « une route qui n'était pas à sens unique ;

et où le retour en arrière n'était pas forcément un signe de victoire… » soulignait-on d'un air entendu.

Loin de les aider, d'éclairer leur lanterne, certains autochtones rencontrés en chemin tenaient des discours rigolards très déconcertants, que la bête était voluptueuse avec des centaines de bras qui lançaient des pièces d'or ; qu'elle se cachait au fond des verres et, quand on avait le malheur de les laisser vides, elle bondissait au-dehors en hurlant, le couteau à la main (un poivrot), etc.

Un jour, ils croisèrent un aveugle avec d'affreuses blessures aux yeux, qui leur dit que le monstre était devant eux et étala sa mémoire avec complaisance. Ses confidences n'épataient personne à son gré en Asram, trop blasés qu'ils étaient. Car dans son pays alors, il était courant prétendait-il, de jeter ses vieux parents dans les étangs quand ils devenaient séniles. Quand il leur révéla accablé, qu'il était le vrai père de son jeune frère et aussi de son oncle et qu'une de ses nièces à lui (une fille de sa sœur) était en réalité leur tante, les filleuls préférèrent en rirent. On le félicita pour ces exploits familiaux relativement rares.

Voilà un exemple de relativisme culturel, leur expliqua Haz'ar : tout était affaire de conventions finalement et chaque pays avait les siennes, d'où l'intérêt des voyages pour ouvrir l'esprit ; jeunes gens profitez bien de celui-ci qui vous est offert gracieusement, dit-il. Un conseil dont ils ne pouvaient sentir le cynisme.

La route fut longue. La caravane errait, zigzaguant dans le paysage pour examiner de près les agglomérations, les élévations de terrain, les failles, les replis de terrain, tout ce qui était susceptible de cacher une entrée souterraine de dédale.

Les habitants des villes inspectées perplexes les regardaient faire : que venait bien faire chez eux cette bande de toqués, cette source probable d'embêtements à venir, des étrangers qui plus est, des sortes d'espions ? c'était suspect… et la police se chargeait de les guider fermement vers la sortie.

En rase campagne, ils avançaient à tâtons, déployés pour ratisser largement le paysage, gesticulant une flèche à la main, tapotant le vide devant eux à petits coups, le visage détourné, aux aguets d'éventuels tintements cristallins qui trahiraient l'existence d'une possible paroi transparente, invisible.

Rien, toujours rien, c'était lassant à la longue ! Un labyrinthe impalpable alors ? avec une infinité de couloirs ; autant de couloirs que de chemins d'errances différentes qu'ils allaient suivre à travers le pays et pas d'Ariane en vue ! Mais dans un tel cas, on verrait le monstre au travers, non ? Comment pourra-t-on faire alors pour en finir avec lui si lui aussi est invisible ?

Haz'ar surveillait l'expédition à distance perché sur sa mule. Il avait écouté les gens du pays, admiré leurs javelots à pointe de fer, les outils, les machines, la vaisselle dorée, les habits fins et colorés des riches, comme on n'en trouvait pas en Ourassie. Le pays avait les monstres qu'il méritait. Celui d'ici devait être évolué, habile. Instinctivement, il freina sa monture pour laisser les filleuls prendre de l'avance.

Le soir tombait quand, fourbus d'une semaine d'efforts infructueux, ils arrivèrent en vue de la capitale, une belle et grande cité fortifiée. La porte monumentale, par laquelle on y entrait, avait la forme d'un arc dont la façade était, lourdement chargée, surchargée même d'animaux fabuleux statufiés, de symboles mystérieux. Elle les frappa, eux qui hallucinaient à force de penser jour et nuit à la bête, par sa ressemblance avec une gueule de monstre largement ouverte, distendue par l'avidité, hideuse. La route d'accès qui y menait lui faisait comme une sorte de langue étirée. Elle leur parut menaçante. Ils se concertèrent, prenant le temps d'observer les paisibles allées et venues par cette porte, avant de s'y engager avec prudence.

Le chef de la police soupçonneux les interrogea avant de les mener au palais. Le président du pays reçut une délégation conduite par leur chef Haz'ar. Il fut intrigué d'apprendre le but de l'expédition. Bonhomme, il les rassura. Si, si, le monstre existait bel et bien, mais il fallait patienter quelques mois dans le pays pour les découvrir, lui et son antre, leur dit-il d'un air mystérieux.

J'abrège, il y a bien assez de labyrinthes dans cette histoire. Vous l'avez deviné, si vous vous rappelez l'intuition d'Haz'ar, la ville et ses ruelles étaient le dédale recherché ; le monstre c'était la ville elle-même avec ses richesses, ses tentations, son degré de civilisation qui, pour un Ourassien d'alors, pouvait passer pour raffinée, la capitale d'un pays riche de ses mines, de son commerce, ses routes maritimes ouvertes vers l'orient et les aventures.

Les épées n'y pouvaient rien. À ce jeu-là, il n'y avait que des vaincus, ceux qui succombaient aux charmes du monstre, et ceux très rares qui s'en allaient, lassés et furieux, les inadaptés pris par le mal du pays. Seul Haz'ar à ce stade de l'histoire le comprit, pas les autres trop obsédés par l'image mentale du monstre qui leur trottait dans la tête.

Le président flaira à la réflexion, quelque chose de louche, d'inquiétant dans cet arrivage inopiné d'un si grand nombre d'étrangers, à entendre cette fable qu'on lui servait d'une simple chasse au monstre difficile à croire. Sa police se saisit du prêtre le lendemain de son entrée dans la ville et l'interrogea.

Poliment dans un premier temps, avant de passer à des méthodes plus énergiques. Il fut stoïque sous les claques mais une fois privé de l'ongle de son petit doigt, il avoua presque tout ce qu'on voulait lui faire dire, que l'Ourassie lui avait donné en fait pour mission de parcourir le pays, de collecter minutieusement des renseignements militaires en vue de préparer un plan d'invasion.

Il fallait une âme sinueuse dans cette histoire, ce fut Haz'ar. Xoumos, le président du pays, l'avait vite séduit par sa personnalité, sa finesse. Une séduction par le dédain, celui du politique pour l'intellectuel, un sentiment à fleur de peau, de l'homme fort pour l'imaginatif qui est vaincu par l'appréhension de la torture qui lui a été promise avec force grimaces, par le sadique de service ; celui du manieur d'hommes qui devine que sa victime n'aura pas de pire ennemi que sa conscience.

Haz'ar était incapable de s'accommoder de ses propres faiblesses. Il était prêt aux pires contorsions d'esprit pour justifier ses changements de cap. Le but restait le même : gravir sa propre montagne, une chose stable et sans faiblesse, elle, par tous les moyens. À la ligne droite, nul n'était tenu. On n'atteignait pas le sommet sans palinodie. Ses efforts l'exaltaient. Lui méprisait les randonneurs de plaine.

Par pure vantardise, le président Xoumos envisagea devant lui d'envahir l'Ourassie, se faisant fort de culbuter toute résistance. Un Asraméen valait bien quatre Ourassiens ; les Asraméens n'avaient peur de rien ; ils ne répondaient pas aux questions indiscrètes ; même sous la torture ! ironisa Xoumos. Haz'ar resta impassible et suça son petit doigt douloureux.

L'allusion à ses aveux forcés ne le touchait pas. Il n'était plus question pour lui désormais d'avoir à reconnaître devant les siens qu'il avait failli. Dans son for intérieur, il les avait déjà intégrés ses aveux, dans une stratégie de liquidation du pouvoir légitime de l'Ourassie, rien de moins. La douleur l'avait vaincu, alors il fallait que l'Ourassie et son chancelier le suivent dans sa défaite, qu'ils passent logiquement par profits et pertes pour que lui reste droit !

Formulé ainsi, c'est difficile à avaler, je vous l'accorde. Qu'il ait craint de tomber en disgrâce et soit resté en exil dans ce pays qui le fascinait, on l'aurait compris. Il alla beaucoup plus loin. C'est ce qui déconcerte chez les traîtres, leur solitude devant l'acte, leur égocentrisme, la démesure de leur comportement.

De toute façon, je regrette, les faits sont là ; les personnages historiques tiennent debout tout seuls. Au diable la psychologie ! La vie d'Haz'ar était un chapitre de plus à ajouter à son traité sur les labyrinthes.

Xoumos avait mal jugé la complexité du bonhomme. Il le laissa libre sans se douter une seule seconde que cette décision allait en définitive lui coûter son trône.

Le scénario imaginé par Haz'ar, c'était de retourner éveiller les ambitions des Ourassiens avec une fable de son invention. Il allait dépeindre l'Asram qu'il connaissait bien pour l'avoir parcouru en tous sens, comme faible en dépit des apparences car ses habitants étaient démobilisés songeant plus à faire la fête, à prendre du bon temps qu'à se battre. Si les Ourassiens le suivaient dans son analyse, comme il l'espérait, une bonne guerre de conquête s'ensuivrait logiquement, qui, prévoyait-il, se terminerait mal pour eux, car l'Asram si visiblement riche et puissant ne ferait qu'une bouchée des envahisseurs. Et le chancelier qui l'avait envoyé perdre la face, lui, il y perdrait plus que sa chemise. Il se trompait.

Il revint en Ourassie avec sa caravane bien dépeuplée et fit un compte-rendu suffisamment vague de sa mission. Malgré leurs efforts, leur exploration minutieuse du pays, il n'avait pas trouvé trace (ce qui était vrai) du monstre noir recherché. Il assura

Djouloun que la question des filleuls était réglée, qu'il ne les reverrait plus.

Il fut habile dans ses discours, persuasif, flatteur. L'idée fit son chemin dans l'esprit du chancelier Djouloun, éveillant chez lui une ambition de conquête que les modestes Ourassiens n'auraient pas eue autrement. Oubliée la simple partie de chasse au monstre ! C'était tentant. Pourquoi pas, après tout, décida-t-il. L'affaire du monstre dévoreur toujours non résolue fut mise en avant comme casus belli et la population mobilisée par une campagne de presse fut préparée pour une aventure guerrière.

Elle eut lieu. Haz'ar avait tout prévu… sauf que les rugueux Ourassiens allaient réussir facilement à occuper l'Asram en culbutant son armée mal entraînée, un Ourassien en l'occurrence valant au moins quatre Asraméens.

Le président en titre fut obligé de réclamer un armistice pour arrêter leur progression, le complet envahissement. Il dut céder sa position au bénéfice d'un très jeune chef de l'opposition, qui avait fait dûment allégeance aux envahisseurs et s'était empressé de satisfaire sans discuter toutes leurs exigences.

Le nouveau gouvernement en place fut sommé de révéler l'emplacement du monstre et se défaussa. Monstre, mais de quel monstre parlez-vous ? Un mangeur de chair fraîche qui plus est ? Il n'y en a pas de monstre dans ce pays, soyons sérieux, il n'y en a jamais eu. Cette bête si elle existe, c'est seulement dans votre tête ! Le tribu de jeunes gens qui, vous le dites, auraient au fil des ans été dévorés par elle ? Quelle idée saugrenue ! Cherchez-les donc ces jeunes, vous les trouverez facilement et bien vivants ! Plaignez-vous-en à eux qui, nombreux ont préféré rester en Asram pour y vivre plutôt que de retourner en Ourassie, et ne l'ont pas fait savoir chez eux à tort !

On les chercha dans le pays et on les trouva en effet pour la plupart installés en ville à la grande stupéfaction et au dépit des chasseurs de chimère dégrisés. Une Ourassienne, jamais rentrée dans son pays d'origine, était même devenue la femme d'un riche marchand. Il fallait bien s'en convaincre, la bête immonde avait cessé d'être noire et prit des couleurs vives et chatoyantes.

Et les filleuls de Djouloun promis par lui à la mort et laissés sur place, qu'étaient-ils devenus ? Ils auraient bien fait comme d'autres avant eux : choisir de rester en ville avalés, séduits par le monstre si cela avait été écrit. Eh bien non, ils n'eurent pas cette chance car les dés étaient pipés, le dieu des combats prenant parti pour les assaillants avait choisi son camp, il avait soif : dans ce jeu de dupes, pris entre le marteau et l'enclume dans l'entre-deux des forces militaires opposées, ils la rencontrèrent la mort. Tous sauf un.

Seul rescapé des combats, ce filleul avait perdu l'esprit. Comme il ignorait que la fin des recherches avait été sifflée, qu'il avait été délivré de la mission qui leur avait été impartie, il continua seul à errer longtemps dans le pays à la recherche de la bête. Elle ne fut pas vaine pour lui.

À force de chercher la bête, il en trouva deux, une première qui le foudroya de son venin et une deuxième qui le dévora. On retrouva les restes de sa dépouille dans une vaste ruine sinistrée sans toit qui avec ses nombreuses cloisons intérieures pouvait à la rigueur passer pour un minuscule dédale. Comme quoi, il ne faut pas dire jamais quand on parle de monstre et de labyrinthe. Chacun qui le cherche a le sien et finit par le rencontrer.

La tournure imprévue des choses avait donné raison au prêtre. Il aurait pu sans doute éviter la guerre en faisant part au Chancelier préventivement de son intuition initiale que le monstre était irréel, un pur un fantasme mais il avait fait le contraire en la provoquant.

Ironie de l'Histoire, le hasard ayant joué pour lui, Haz'ar se retrouva malgré lui dans le camp des vainqueurs. Dans l'ivresse de la victoire, cet ouvrier de la onzième heure, ce collaborateur honteux, fut fêté par Djouloun pour la pertinence de ses « heureux conseils » ! Il put garder pour lui le secret sur sa tortueuse volte-face.

Il fut pourtant écarté des affaires de l'État. Il poursuivit son ondoyante carrière d'équilibriste jusqu'au jour de sa fin. On retrouva son cadavre devant le palais de Djouloun, le crâne fendu. Dedans, son traité des labyrinthes avait reçu un post-scriptum manuscrit écrit avec son sang : « Chaque labyrinthe a au moins une sortie imprévisible. »

Le mystère est resté entier ; lui seul sans doute aurait pu l'expliquer.

La prédiction du mage ne s'était pas réalisée finalement direz-vous. Un peu si, tout de même puisque l'on apprit que l'homme en question, le nouveau président fantoche de l'Asram, était né lui aussi le premier jour de l'été ; sauf qu'il n'était pas dans la tranche d'âge requise. À qui la faute ? Aux libellules qui n'avaient pas respecté leur plan de vol ? À la myopie du mage qui les observait ?

On ne sait. Encore aujourd'hui en Ourassie, il se trouve des historiens pour s'interroger, se disputer sur le sens à donner à la prédiction mystérieuse : « régner sur la houle », et prétendre qu'elle pouvait s'appliquait effectivement au nouveau président agréé par Djouloun, car c'était un ancien amiral de la marine asraméenne passé à la politique.

L’homme du Poto-Poto

Les ennuis ont commencé à mon arrivée. Sur la couverture de mon passeport cloqué et pas mal délavé suite à un long séjour aux bains de mer, le fonctionnaire de l’immigration a déchiffré avec une lenteur désobligeante le nom de mon pays d’origine : PO-TO-PO-TO, c’est ça ? Eh bien ! oui, Poto-Poto, pourquoi ? Il a feuilleté les pages en hochant la tête à la recherche de coups de tampon. Rien, à part celui du précédent pays qui nous avait recueillis épuisés dans une épuisette, l’âne savant et moi. Une question lui brûlait les lèvres, à cet ignorant, c’était visible : c’est où, ça, le Poto-Poto ? mais il n’a pas osé la poser. Un gradé s’est approché, flairant l’irrégularité.

On m’a confié à lui, à croire que je débarquais de la lune. Mon passeport à la main, il est allé réfléchir dans un bureau vitré. La lumière ne venant pas d’en bas, il a téléphoné plus haut. Deux minutes d’attente et lui qui s’était affalé sur son fauteuil, le voilà qui se met quasiment au garde-à-vous, c’était réjouissant à voir. La vérité venait de lui tomber dessus, de haut apparemment. Plus riche de connaissances et furibard, il est venu me rendre mon passeport. La même comédie a recommencé à la douane. Ignorance et xénophobie, des cas isolés, ai-je pensé alors.

Je réalise l’étrangeté de ces coups de téléphone maintenant que je sais que c’est une véritable épidémie. Car l’îlot d'ignorance s'est élargi à perte de vue. Le moulin n'a pas fait reculer le vent, comme on dit chez moi.

Deux jours après mon arrivée, je savais que j'étais le seul Potopotien dans la région, et que personne apparemment ne semblait le regretter. Si je meurs, me suis-je dit, le Poto-Poto risque de tomber dans le néant. Les rayonnages de ma mémoire se sont bien dégarnis avec le temps. L'Histoire n'est pas ma spécialité. Le Poto-Poto au jour le jour, au fil de la pensée, pour le citoyen ordinaire, c'est juste un archipel de moments historiques forts répartis sur l'échelle du temps et beaucoup d'oublis autour, ce que l'on appelle le roman national. Je pourrais en dire beaucoup à leur sujet certes, si c'était nécessaire bien que je ne sois pas sûr d'être le meilleur à ce jeu.

Mais je n'étais pas vraiment inquiet en fait : des spécialistes du Poto-Poto, on devait bien en trouver aussi dans les parages, malgré tout. En toute matière, même rare, on trouve des spécialistes. Uniques en leur genre, souvent. Les sujets rares attirent les individualistes. La terre d'élection pour certains, c'est un prestigieux désert où camper seul.

À cet égard, les Potopotiens ne sont pas très différents, vous savez ! Je me souviens encore du jour où j'ai découvert à la bibliothèque de Poto-Rosi – la capitale de mon pays – une encyclopédie en treize volumes, devinez sur quoi ! sur Qabar-Aqrab ! Un pays sans histoire, à la corne de l'Autarsie à ce qu'on prétend ; en tout cas, un pays probablement sans géographie du tout que je n'ai jamais réussi à repérer sur une carte. Saviez-vous aussi que l'empereur Ika Burubaï de Nolandie aimait follement sa nièce ? et que quelqu'un a traduit sa correspondance amoureuse ? un embrasement de mots, a dit un critique littéraire échauffé par sa lecture. Moi, non !

C'est un peu partout, j'imagine ; même chez vous ! Combien de fois en feuilletant les nouveautés sur les étagères de certaines librairies du Quartier Latin depuis mon arrivée, ne suis-je pas tombé en arrêt devant des pavés sidérants du genre : « Les éléphants dans l'armée carthaginoise ou les bases d'une stratégie des blindés », ou bien encore « L'Univers-chaussette : essai sur la réversibilité du temps », des choses comme ça, qui laissent songeur…

Attention ! ce n'est pas une critique, ce n'est pas plus idiot, dans ces temps difficiles, que de fabriquer des labyrinthes pour souris de laboratoire, des minerves pour girafes accidentées, des logiciels pour atteindre le nirvana… J'ai beaucoup de respect pour l'intelligence sous toutes ses formes, mais à chacun ses priorités.

La mienne, c'est le Poto-Poto qui souffre d'être un pays en l'air aux yeux de la multitude. En attendant de découvrir l'oiseau rare, capable de s'en occuper, c'est à moi apparemment qu'il incombe de le lester ; modestement avec des mots, des souvenirs tout chauds, car je n'ai rien d'autre.

Depuis que je suis ici, j'ai appris à classer les gens. Je mets à part les vrais indifférents, les égocentriques chromés qui sont capables de ne pas vous écouter pendant des heures entières. Quant aux autres, je sais qu'il y a plusieurs manières de perdre leur considération.

Avec ceux qui se piquent d'être au courant de tout et de rien, qui papillonnent d'un sujet à un autre sans prendre le temps de s'arrêter, c'est vite fait. J'en ai vu un à l'aéroport, dans la queue pour les taxis, un homme d'affaires ouvert et volubile. Il m'a d'abord écouté fulminer avec intérêt et pour cause, je venais en franchissant les barrières officielles, de récupérer mes droits à l'existence mais mon orgueil était à vif et puis très vite avec ennui quand il a vu que je prenais mon affaire au tragique. Entre lui et moi, il a déplié, il a opposé son journal « Le Monde », une frontière de papier insoluble.

Passons vite sur ceux qui vous situent dans le Moto-Coso, cette contrée de fantaisie peuplée de chats à neuf queues, de lapintades, de loups-phoques, d'aigles biplans à deux têtes, et qui vous écoutent en se tapotant le menton.

Nombreux pourtant ceux qui me font crédit. Rien n'est impossible, se disent-ils. Mon histoire les épate. Ce drôle de type, il a tellement l'air d'y croire, il semble tellement calé sur le sujet. Le Poto-Poto, maintenant que vous m'en parlez, oui, cela me dit quelque chose ! mais c'est quoi déjà, bon sang ! le nom d'un ragoût aztèque… ce ne serait pas plutôt une divinité mandingue ? je l'ai su, cela, bon sang, j'en suis sûr… ah ! maudit le temps qui rince la mémoire… Quoi ! un nouveau pays, le Poto-Poto ? Mon Dieu, le Sud de nos jours, c'est une vraie champignonnière ! voilà encore une minorité persécutée qui aura fait sécession ! une nouvelle miette de pays en fermentation et le ventre creux, probablement… à accueillir avec sympathie dans la communauté des humains. Intéressant, écoutons voir.

Survoler le Poto-Poto à haute altitude avec un autochtone pour guide, qu'ils se disent, c'est plus utile aussi bien que de ne pas lire tous les livres existants sur le sujet, des mètres de rayonnage ; la faute au manque de temps ; l'œil du cyclone un peu tranquille est tout petit au milieu des tempêtes de la vie moderne… et votre voix qui leur trace dans la tête un sillon d'or fulgurant de quoi épater les copains… Oui, mais attention à la libération des auditeurs captivés ; la punition ne tarde pas. Dès qu'il se trouve une source « sûre » pour vous discréditer à leurs yeux, ils vous enfoncent avec rancune, je sais de quoi je parle…

Vous avez aussi bien sûr les catégoriques pour qui le quart-monde commence au sud de chez eux.

Mais les plus redoutables pour moi, ce sont les grands cœurs, qui vous trouvent une bonne tête. Ayant décrété que tous les humains sont frères, ils les mettent tous sur un pied d'égalité. Et le Potopotien que je suis, si riche de civilisation, si original, il se retrouve avec le chasseur papou, le blanchisseur de Bombay, le mineur bolivien, le fermier de l'Oklahoma, des gens dignes d'intérêt certes, mais… Dans leur vaste cœur si encombré, votre place est toute petite. Le Poto-Poto, c'est simple, il n'existe qu'à travers vous, ce n'est rien qu'une abstraction, une tache colorée sur une carte ; le bain culturel dont vous sortez ? il vous a bien un peu tanné le cuir, d'accord ! mais sans pénétrer vraiment à l'intérieur. Ce qui leur importe c'est vous, l'universel quidam, l'Homme sans frontière ni arête, tout rayonnant de vie en face d'eux, le compagnon de fortune.

Le résultat de votre plaidoyer, sur ces frères en humanité, est exactement le même : vous ramez mais le Poto-Poto ne remonte pas le courant. Il reste bien cette chaleur humaine, n'est-ce pas, et la fraternité qui peut vous servir de pays… quand le Poto-Poto vous manque…

Je suis injuste, toute règle a son exception. La mienne, c'est un garçon aux cheveux frisés, à l'œil de velours, affable, sérieux, sans humour, que j'appellerai simplement Simon pour lui éviter des ennuis. Il m'écoute, imperturbable, questionne, prend des notes. Rien ne l'étonne dans le Poto-Poto. C'est un peu agaçant. J'en ai entendu parler de ton pays, m'assure-t-il. L'enregistreur tourne, ma parole est d'or. Et Tiphaine, l'amie de Simon, véritable fée du clavier aux yeux bleus, fige sur la page patiemment tout ce que je raconte.

Simon tient une rubrique de politique étrangère dans une modeste revue. Il est riche de temps libre. Quand il m'a vu acculé, bavant du mufle et grattant du sabot, prêt à foncer sur les moulins à vent qui font l'opinion, il m'a proposé son aide.

« Ton français n'est pas mal mais je pourrais lui donner une tournure encore plus idiomatique. »

Il est là derrière moi, vaillant chasseur de solécismes à l'affût, avec son filet à papillons exotiques, prêt à fondre sur toutes les tournures un peu bizarres qui s'échappent de ma bouche. Un opportuniste et un roseau, ce garçon.

« Ton pays, tu sais, j'ai même parfois l'impression d'y avoir vécu, dans une autre vie sans doute, c'est bizarre, non ? j'ai des souvenirs de lui couleur sépia. »

J'ai téléphoné cinq fois à la rédaction de son journal, en les appâtant avec des promesses de révélations sur le Poto-Poto. Simon a fini par me rappeler à mon hôtel avec le feu vert de son patron. Par son aplomb, en étalant devant lui ses connaissances en uruve et en poldave qui sont réelles, je peux en juger, il a réussi à ébranler son rédacteur en chef. Que faire pour celui-ci, sinon s'émerveiller en silence d'avoir dans son équipe un oiseau aussi exotique. « Le Poto-Poto, c'est mon bouillon de culture ! » m'a sorti Simon, avec superbe.

Le Poto-Poto, est un pays montagneux qui ressemble à un damier où les cases noires seraient de rondes collines à peu près toutes pareilles, et les cases blanches, des cuvettes circulaires que l'on dirait sorties du même moule, à demi remplies d'eau, avec une dénivellation entre creux et bosses d'une centaine de mètres et un espacement invariable entre sommets de l'ordre de huit cents mètres. Curieux, non ? Autre phénomène : il n'y a ni canicule ni gelée, juste une douceur printanière permanente. Le ciel a le chagrin discret, il pleure en abondance mais seulement durant la nuit. Autrement, c'est le soleil en permanence. C'est un pays de forêts, avec des vignobles de grands crus… Pas de fatalité géologique et donc pas de spécialisation économique franches, une parfaite égalité dans la distribution des lieux ; ici ou là, c'est pareil. Le cheminement en ligne droite est partout impossible. Pour aller d'un point à un autre, il faut trouver un cheminement curviligne gauche, optimisé parmi un grand choix possible d'arabesques. Pas la peine de chercher plus loin l'explication de la vigueur de notre école mathématique : les matheux potopotiens si féconds par tradition, sont avant tout des hommes de terrain entraînés déjà depuis l'enfance. Même chose, tenez, pour nos hommes d'affaires réputés si habiles, si retors à l'étranger.

Quant aux artistes de chez nous, c'est par le raide, le tendu, qu'ils traduisent leur révolte contre l'ordre établi ; les courbes hérissent ; elles sont bannies dans leurs œuvres ; ils provoquent en dessinant, en peignant des paysages anguleux structurés par d'improbables lignes droites, de pures abstractions compte tenu de la topographie de notre pays.

Même les flèches de l'amour, chez nous, elles volent en courbe, errant longtemps entre les cœurs. Moi, tenez ! je suis tout rempli de désir mais sans trop savoir pour qui.

Tous les lieux se valent à peu près ; c'est le hasard seul qui a placé les villes. Les géographes le déplorent. Pas les poètes qui prolifèrent dans les poches d'ombre encore intactes laissées par les lance-flammes de la science. Partout des courbes molles, des creux humides, un tapis végétal appelant la caresse. Un pays voluptueux.

« Et pourquoi l'as-tu quitté, Timour, ton si beau pays ? s'est étonné Simon. Si tu y retournes, moi, je t'accompagne illico ! Tiphaine approuve, les yeux brillants.

Attendez un peu les amis, doucement, avec les bouleversements, le grand bond en avant dans le monde de demain, qui a révolutionné le pays, l'a mis littéralement en marche, tout a bien changé ; je vous expliquerai pourquoi.

Il faut que je vous raconte d'abord comment je suis arrivé là. Je suis tombé à l'eau une nuit de grand vent, laissant derrière moi sur le bateau, femme et enfants (trois). Une croisière dont je me souviendrai. Je me suis retrouvé sur le dos d'un âne savant passé lui aussi par-dessus bord avec son maître, un prestidigitateur nul en natation et pas assez fort en magie pour faire apparaître sur les vagues au bon moment, le canot de sauvetage qui l'aurait sauvé.

La bête, elle, était une championne d'endurance. Je m'y suis cramponné. Le ciel et la mer ne faisaient qu'un. Des nuits noires ; des nuits claires qui servaient de jours, innombrables, un désert liquide à parcourir, des îlots nus pour toute oasis, montrant leurs brisants à notre approche. Épouvantable !

Un jour, une terre a germé à l'horizon, la mer nous a vomis dessus. Des habitants en quantité, qui n'ont pas été surpris de voir débarquer un Potopotien sur un âne polyglotte. Je n'étais pas le premier qu'ils voyaient. Parmi eux, des gens bizarres qui m'ont pris en charge, tous en blouse blanche. Ils se poussaient les uns les autres sur des lits à roulettes, rentraient dans votre chambre sans frapper et entendaient aussi pénétrer dans votre tête. Je suis tombé chez les Lotophages, j'ai pensé, quand ils m'ont forcé à avaler des pilules multicolores contre la nostalgie. La brume descendait sur le Poto-Poto. Finalement, de fil en aiguille, j'ai pu m'enfuir jusqu'ici. Mais eux, ils se sont mis à ma poursuite et je me cache.

Je suis professeur de français à l'université de Poto-Rosi la capitale du pays, et je descends d'une lignée de notables, d'éminents professeurs. Admos, mon arrière-grand-père du côté maternel, fut un original, comme vous allez le voir. S'il devint président du Poto-Poto, ce fut par pure distraction. Dans la langue très économe de notre pays, Ad'm'höïos'h (Admos pour faire simple) signifie : l'homme qui disperse les reflets de la lune de ses flèches et rit, ou bien, prononcé autrement, l'archer heureux qui abat la lune en pleine course et l'envoie au fond de l'eau.

Admos avait fini par ressembler à son prénom. Il pouvait dépenser beaucoup d'énergie pour mener à bien des entreprises dont l'utilité échappait à la plupart de ses contemporains. Un exemple ? Lancer dans la mare universitaire de notre pays, tiens ! et sans faire le moindre remous, notons-le, un pavé consacré à l'impératrice Wu Zetian. Une grande figure féminine pourtant qui se noya dans un bouillon financier ! Qu'Admos supporta avec tranquillité car l'important pour lui, était d'avoir vécu pendant des années dans l'intimité de Wu – si ce n'est pas de l'amour, ça ! – et d'obtenir de surcroît une chaire à l'Université. Les langues fourchues prétendaient que cette impératrice n'existait que dans son imagination de rêveur, qu'Admos faisait dans la littérature d'évasion. Un avis partagé semble-t-il par ses pairs qui le chargèrent, c'est troublant, d'enseigner la fiction romanesque.

Il s'engloutissait dans ses études, au point qu'il avait beaucoup de mal à émerger de ses rêveries ; son emploi du temps était parsemé de gouffres. Il fut tiré de l'un d'eux, on va voir à quelle occasion. Les satiristes du temps ont bien tiré parti de l'épisode qui va suivre pour se moquer de lui et de sa rapide promotion. Il n'empêche, je suis fier de mon illustre ancêtre.

Le pays était alors sous la coupe d'un président qui gonflait sa médiocre personne jusqu'à l'éclatement. L'armée lui était fidèle ; ses fantaisies prenaient force de loi. On le supportait, car il savait alterner le chaud et le froid.

Un jour, il gela dur au Poto-Poto. À tous les coins de rue de la capitale, il fit placarder des affiches de sa dernière lubie. Tout célibataire qui passerait sans se découvrir devant la statue équestre du chef sur la grand-place, aurait l'insigne honneur d'être présenté à sa fille qui avait plus que l'âge de prendre époux.

L'esquive était facile, penserez-vous, il suffisait d'aller tête nue et de branler du chef en permanence. Y penser tout le temps, c'était cela le hic ! La nouvelle fit le tour de la ville à la vitesse de la calomnie. Panique. On chuchota partout que le célibataire endurci, en tant qu'espèce, était menacé. Enfin, les plus beaux spécimens ! Que faire ? Pas d'autre alternative, se terrer chez soi, habiter la campagne, solutions de désespoir, ou bien sortir par les rues, s'exposer au danger.

Marier la fille du potentat, un danger ? A-t-on idée ! Et pourtant si, c'était vrai, la perspective d'entrer dans la famille du dictateur hérissait le poil à plus d'un. C'est que, voilà, une rumeur courait : Sour'aya la fille du président était d'une laideur décourageante. Quant à la dot promise, n'en parlons pas, c'était assez minable. Comble de malheur, la fille passait pour stupide. C'était beaucoup de calomnie, de médisance pour une seule femme.

Malheur aux distraits, disait-on ! Pour ces beaux messieurs, un seul mot d'ordre : ouvrir l'œil en permanence, un petit jeu épuisant Une solution radicale, stoïque le mariage. Il y en eut une épidémie. Des filles déjà résignées furent prises d'assaut. Et le peloton des célibataires séduisants fondit. De désespoir, certains entrèrent même dans l'armée !

C'est bien du tapage, se disait-on. Laide, Sour'aya ? et alors ! Il suffisait de fermer les yeux et de penser à la situation de son père ! Et puis, était-elle-elle si moche que ça ?

Un scepticisme largement partagé, car, soyons justes, des prétendants, il en vint des cent et des mille, qui trouvaient que c'était de la médisance, qu'une fille de potentat était toujours séduisante quelque part. Ils étaient même foule, ceux qui avaient fait exprès de ne pas saluer la statue équestre pour se faire pincer, des tas de gens qui la trouvaient belle cette fille, malgré tout, belle et désirable et n'en auraient pas démordu sous la torture. Des célibataires authentiques, oui, et d'autres qui l'étaient moins.

Sour'aya n'en était cependant pas au point de choisir le premier venu. Ni le second. La file des prétendants serpentait dans la cour d'honneur du palais. Ils défilaient devant la princesse, tassée dans son fauteuil de velours saumon, cachée derrière un masque de chatte à aigrettes, des jeunes, des vieux, avec quatre sous d'habits sur le dos et un grand sourire, tous prêts à la faire déchoir. Elle louchait sur eux avec ennui. Certains parmi eux, auraient fait des amants convenables. Mais c'était d'un mari à dépiter ses amies dont Sour'aya avait besoin. Où étaient-ils donc ces beaux jeunes gens qu'elle voyait passer sous ses fenêtres ?

Elle alla pleurer sur l'épaule de son père : qu'il lui trouve une solution ! Il fallait, suggérait-elle, distraire l'attention des passants sur la place centrale avec des clowns enfarinés, des fanfares, des paillettes, en envoyant des gros bras qui feraient semblant de se battre, feraient du scandale dans la rue… et ainsi arriver à pincer en fraude parmi les passants ahuris, le bel emplumé qu'elle espérait. Ainsi fut fait À ce petit jeu, quelqu'un devait perdre. Vous avez déjà deviné qui !

Admos voyageait souvent en imagination et à cheval. Le chemin de sa monture croisa par hasard une rue commerçante. Tout à ses pensées, il oublia de saluer. On l'attrapa sans ménagement. La nouvelle victime de l'amour ignorait tout de la chasse à l'homme qui se déroulait de par la ville. Par courtoisie, il évita de se débattre quand il sut que la chance lui avait souri. Encadré par les policiers, il alla prendre sa place dans la file d'attente.

Il était grand, beau et il respirait l'intelligence : pour lui, l'heure était grave. Il prouva face à l'adversité qu'il était homme de ressources. Par un effort magnifique, il réussit à prendre… l'air idiot. Sa composition était saisissante.

Il s'était réjoui trop tôt. Sueur froide : derrière lui, une voix l'appelait par son nom véritable. Un lieutenant des gardes était debout près de la princesse et lui parlait à voix basse. L'officier expliqua qu'un de ses élèves avait reconnu à son entrée au palais, le brillant funambule universitaire et l'avait dénoncé, quelle honte !

Admos garda la tête froide et se surpassa. Il prit un air encore plus idiot, un véritable tour de force pour lui. Au point que la guenon, qui était venue s'installer sur l'accoudoir du fauteuil, fit un bond en arrière en le voyant faire des grimaces.

Un séjour au cachot le remit droit. Le premier jour, la princesse vint l'observer en cachette par le judas. Son cœur bondit à le voir si beau, si élégant. Admos était perdu. L'imagination de Sour'aya travailla si bien la réalité lorgnée, qu'Admos devint l'élu, le seul, le définitif, ce fut irrésistible. En trois mots, autant dire en un seul, elle l'aimait. Elle suffoquait presque quand elle vint déclarer à son père qu'elle le voulait, lui et aucun autre, convaincue qu'un si puissant dictateur connaissait le moyen de commander les sentiments de ses sujets.

Qu'il ordonne et l'Amour en personne allait venir dans sa cellule, obscurcir les facultés de discernement du professeur.

Il y eut beaucoup d'allées et venues dans les couloirs de la prison, des émissaires, le tyran lui-même, un fin connaisseur en ressorts secrets. Quelles promesses lui fit-on ? Personne ne peut le dire mais on imagine : une dot confortable, le papa qui a le bras long, assez long pour propulser le prof sur une haute branche universitaire, et puis, tout est possible, de recommander qu'on publie ses travaux incassables, la traduction en potopotien, tiens, de poèmes érotiques prêtés à des auteurs originaires d'un pays Chin' ou Tchin', quelque chose comme cela, qui avait tout l'air d'être imaginaire, une prétendue traduction qu'à l'époque on considérait comme de la pornographie pure et simple.

La dorure sur la pilule, on la devine. L'esprit ? Allons donc ! Le mariage en donne aux filles, c'est connu. Et puis l'esprit, hein, entre nous, ce n'était une qualité que chez les femmes des autres. Une lampe trop vive attirait les papillons nocturnes, les plus dangereux, etc. Et puis, dites donc, Sour'aya était une véritable artiste… On vantait son joli toucher de harpe, sa voix de cascatelle…

Toujours est-il qu'Admos sortit de prison, persuadé que son avenir passait entre les bras de Sour'aya. Il faut dire que son revirement a donné lieu à pas mal d'hypothèses. Les potineurs ont détaillé le nombril de la Vérité par manque de recul, sans voir ses nobles proportions.

La réalité, c'est que Sour'aya avait des atouts cachés : beaucoup d'esprit et une superbe anatomie. Tiens, donc ! Si, si, c'est avéré, ses intimes l'ont dit, ses suivantes aussi, ce n'est plus un secret. La princesse montrait volontiers sa finesse et ses charmes aux visiteuses qui venaient partager son étuve. Elle faisait admirer ses seins de très jeune fille, ses cuisses rondes et lisses, son ventre plat, sa taille mince, ses hanches de viole, bref, une musique pour les yeux et l'intelligence. Celles qui l'aimaient regrettaient que les mœurs strictes du temps n'autorisent la princesse qu'à montrer son visage derrière un voile.

Tadj Urukaï, un peintre de l'époque, a laissé beaucoup de portraits. Son modèle préféré, une femme mystérieuse, le plus souvent nue, splendide, rayonnante. Plusieurs tableaux la montrent dressée, tenant devant son visage un miroir ovale dans son cadre nacré, un miroir reflétant un rêve, un ciel d'aurore traversé par un vol d'échassiers, un voilier dormant dans un estuaire, l'ombre d'un félin, une dune voluptueuse au déferlement suspendu ou une jonchée de roses. Et deux yeux pâles pour lui donner figure humaine, rien que deux yeux pensifs. Le jeu de mots existe aussi en potopotien, un miroir qui réfléchit. La lumière qui en tombait venait souligner un galbe superbe, aviver une carnation de blonde.

Sur un tableau, la même femme on le devine, avec un visage marin, deux yeux bleus donnant vie à un ovale de mer opale, des mèches furieuses qui rampent à sa surface, une chevelure de Gorgone naissant d'une bouche entrouverte. Dans le même cadre nacré qu'elle maintient droit d'un bras nonchalant, un grouillement indistinct. Ces yeux sans visage, on les retrouve dans d'autres compositions, prêtés à un tigre ou à une licorne.

Un tableau de la même époque montre une femme assise sur le rebord d'une fontaine et qui se penche vers l'eau. La vue plongeante sacrifie le corps réduit à la nuque, à une épaule, un bandeau de cheveux, une pointe de sein. Face contre la pierre, un miroir ovale au dos nacré encore. Un miroir blessé en pleurs avec un filet de sang qui sourd par en dessous, l'eau ennuagée de rouge. Dans le miroir sombre de la fontaine, on perçoit assez nettement des traits fins, réguliers, un teint uni, des yeux clairs, un front bombé, une expression grave, un visage différent de celui de la princesse.

De qui est ce tableau ? D'un élève, c'est probable. À la manière de… Certains avancent pourtant qu'il est bien l'œuvre du maître également. Qu'il aurait donné exprès pour une fois à son mystérieux modèle, décoloré par l'eau, un visage gracieux, histoire de brouiller les pistes, de faire taire les ragots qui lui prêtaient une passion exclusive pour la fille du tyran, et pas seulement picturale, à une époque où il fréquentait pas mal les appartements de la princesse. Par prudence, avec l'accord trouble de Sour'aya, flattée de ce limon d'imaginaire dont on la parait, pour sauver la face, jeu de mots à faire fuir.

Une belle série de tableaux, ma foi. Même qu'on serait venu les déballer à Admos dans sa prison, pour l'affermir dans ses décisions. Grossier, choquant peut-être, le procédé mais pas dépourvu d'astuce. Laisser Admos plusieurs jours avec Sour'aya accrochée à ses murs, dans sa vérité profonde devinée par Tadj Urukaï, corps et âme nus, à fleur de toile, dans toute leur beauté, ne pouvait que le séduire, lui, l'inventeur qui sortait d'une liaison pas tout à fait innocente avec Théodora, l'impératrice retournée à la poussière.

Des fiançailles en grand tralala, une fête de trois jours, le vin qui coule à flots des fontaines publiques, ses terribles effets : les inhibitions qui s'écroulent et dessous les gens qui sont nus, tous mauves et fortifiés par leur bain, les médecins qui perdent des clients, la foi qui recule, l'adultère à la hausse, et la mort qui frappe plusieurs fois par le bas. Et puis des miracles : un bossu qui se change en dromadaire, un acrobate fou d'amour qui invente cinquante nouvelles positions, une octogénaire rajeunissant de cent douze ans, des hymens qui se ressoudent… Le clou : Sour'aya qui devient jolie !

L'événement se produisit au palais présidentiel le jour des fiançailles. Admos prit Sour'aya dans ses bras et les défauts, les prétendus défauts en fait de son visage disparurent. ! Plus rien ne s'opposait à ce mariage de conte de fées. Il eut lieu et Sour'aya cessa d'embellir.

À la mort du président, six mois après, on considéra que la liste des miracles était close. Le pauvre homme, il fut terrassé par le ridicule le jour où il apprit que sa propre femme, brûlant la politesse à Sour'aya, était tombée enceinte. Sour'aya se dépêcha d'en aligner trois pour dépasser sa mère en nombre, des enfants sans défaut visible et sans commentaire.

Admos devint président et il renonça à inventer de nouveaux pays maintenant qu'il en avait un en parfait état de marche. Wu et Théodora, ses élues, retournèrent dans le passé, laissant la place à Sour'aya.

Il ordonna une réforme de la langue pour lui donner moins de concision. Car rien ne vaut tout compte fait un long bavardage pour dissimuler aux autres que l'on n'a rien à dire de consistant. C'est la langue parlée aujourd'hui au Poto-Poto.

Au fait, je m'appelle Timour H'ok. H'ok, comme le président actuel, c'est un pur hasard mais comme on dit, les noms vous attachent. J'ai appelé ma fille Zaya ; elle est née sous une bonne étoile. Tel qu'il s'écrivait en langue potopotienne, Timour veut dire : « l'intrépide cavalier ». Quant à mon nom, il signifiait littéralement : « souffle amoureux du printemps ». Songez que Zim-eh », le vrai nom de la fille aînée de Sour'aya, en langue potopotienne avant sa réforme signifiait alors : l'ondine aux cheveux pailletés d'or avec un collier de pimprenelles autour du cou ! Économe, non, vous en conviendrez ! Tellement que les

Potopotiens durant leurs réunions, passaient le plus clair de leur temps à se taire et à réfléchir. Les livres faisaient dix pages, les encyclopédies, cent. Un poème d'amour durait une grande seconde. Trois mots foudroyants et les belles se pâmaient, les politiciens arrivaient à caser un long discours solennel entre deux gorgées de vin. Tant de concision, c'était paralysant.

Des linguistes avaient introduit le soupir expressif, la pause entre les phrases dont le sens variait avec la durée, la répétition : sur un « comment ? » rituel, on reprenait le même discours-mot à la quinte supérieure, ou bien encore la pause expressive. À la fin du mot, on lui rajoutait des al-lala-al-la-alaï, avec une montée charmante vers l'aigu. Les « phrases » s'envolaient. On vous répondait sur le même ton, bien sûr. À dix dans un salon, on improvisait un opéra.

Ces afféteries n'avaient pas eu grand succès. Elles ne s'emploient plus guère de nos jours au Poto-Poto, sauf dans les classes aisées, c'est bien dommage.

Il n'en reste pas moins que le potopotien reste une langue encore très économe Les Potopotiens auraient bien du mal (comme moi) à s'acclimater chez vous à cause de la langue : les pauses en français sont pratiquement inexistantes. Il leur faut réfléchir tout en parlant, une gymnastique mentale effrénée, c'est fou ! J'ai beaucoup de mal avec le français, même moi qui parle déjà dix langues.

Le Poto-Poto possède de bien plus beaux titres de gloire. Un exemple ? Shaba Engrou'metz, tenez ! Notre fierté est sans équivalent chez vous. Il est parvenu au firmament de la science potopotienne par une voie originale.

La véritable originalité aime-t-il à dire, consiste souvent à se poser des questions ridicules. Sa voie, il l'a trouvée, il y a plus de trente ans déjà sur les sentiers fleuris de contes orientaux.

Sous la chair du conte, s'est-il dit, se trouvent des reliques de réel. La bulle poétique obscure autour des tapis volants cache une vérité que les maîtres tapissiers d'antan devaient connaître. Le secret s'est perdu quelque part ; par une rupture de la chaîne de transmission orale. Les préjugés nous encombrent l'esprit. Une intuition, un aimant pour son esprit inventif. Creusons un peu pour voir. Est-ce que les tapis peuvent voler et comment ?

Il y eut un gros chahut chez nous, à l'Académie des Sciences, le jour où Shaba eut le culot de venir la poser. Il ne s'était pas encore tout à fait calmé deux ans après, quand on annonça dans les journaux qu'un tapis avait décollé. Jubilation dans les milieux savants.

Une équipe de chercheurs avait travaillé en silence, détournant à leur profit un budget accordé à un projet militaire plus académique. Dans un laboratoire d'essai installé sous un chapiteau de cirque. Le patron de l'établissement qui venait de s'esquinter définitivement la colonne vertébrale en tombant de son fil devant cinquante-deux indigents, avait été bien heureux qu'on lui propose de louer son installation et ses animaux.

Secret défense oblige, le chapiteau avait été placé dans un enclos. Le lion et le tigre assuraient la garde. Ils tournaient dans le même sens avec un certain décalage, pour éviter d'avoir à se croiser, même s'ils étaient d'accord sur l'essentiel : ne pas rater une occasion d'améliorer l'ordinaire.

Sur ordre du ministre, l'Académie des Sciences envoya (en catimini) une délégation. Et que virent les savants en pénétrant sous la toile ? Dans le rond central, partout, des tapis déroulés, des techniciens allongés dessus, affairés ; et en point de mire, au centre, un tapis qui flottait en l'air, toutes ses franges en érection. Ça marche, s'écria joyeux, l'ingénieur responsable du projet, Shaba Engrou'metz justement, en les apercevant. Soulagement général dans la délégation. Vous pensez, un cirque, un tapis volant ! Manquait plus que le charmeur de serpent ! De la fumisterie, c'était clair ! Le ministre pouvait bien croire ce qu'il voulait, il ne fallait pas compter sur eux pour cautionner cette farce. Sous un chapiteau, hein ! Le cirque de la science !

Beaucoup n'allaient pas en démordre, on les comprend. Le ridicule tuait aussi au Poto-Poto. Un tapis violant les lois de la gravitation avec une tranquille audace, cela n'existait pas plus que les lapins planant sur leurs deux oreilles, les rivières de diamants obtenues en divisant de l'or par zéro, des pendules remontant le temps au fond d'un trou noir, les Australiens, la tête en basn les joues en feu avec des ventouses aux pieds, les chiens en uniforme distribuant le courrier, les pianos en érection qui poussent la romance quand la pianiste se déshabille, les fameux paons aztèques inventant la roue, le parlement des ordinateurs, les photons qui rajeunissent, des queues poussant à toutes les histoires qui ne tardent pas à se reproduire, etc. Non et non, des chapitres entiers du bréviaire de la nature à déchirer, l'angoisse devant les pages blanches à réécrire, ce ne serait pas pour eux !

Boniments, se disaient-ils, en écoutant le compte-rendu pourtant plat et honnête des travaux menés jusque-là que leur fit l'ingénieur le camelot serait plus juste, non ? Un physicien fort d'une théorie unitaire de l'univers encore debout, se promena sous le tapis en question, pourfendit l'air au-dessus avec un manche à balai. Un profond silence régnait. Si la science s'était écroulée, on l'aurait entendue. Le verdict tomba : « Bravo, vous êtes très fort ! » Une vraie condamnation pour qui savait entendre.

L'ingénieur se démena de plus belle. Le tapis s'ourla juste un peu quand il appuya une échelle contre le bord pour grimper dessus, cédant localement sous ses pieds quand il le parcourut.

Rien à voir donc avec les tapis des contes. C'était une chose concrète où s'affrontaient des forces antagonistes. La portance gagnait pour le moment. Il y eut des oh ! et des ah ! quand l'ingénieur fit l'acrobate : plat-dos, plat-ventre, sauts périlleux, en complet et cravate à fleurs, sans perdre ses lunettes et son sérieux, et des rires quand il aplatit son chapeau en retombant.

L'homme tombé sur la tête allait persévérer, le scandale, prospérer, les tapis, persister dans l'illégalité. On allait voir le front du Poto-Poto savant s'installer l'arme au pied dans la confusion des sentiments : bouderie hautaine, indignation, de la goguenardise pourtant et un rien d'inquiétude qui justifiait l'envoi de temps en temps, de quelques voltigeurs (curieux ou opportunistes) pour aller flairer l'innommable ; un front qui devait s'effriter peu à peu, jusqu'à la débandade finale quand enfin le poumon de la science potopotienne put (fut autorisé à) inhaler l'air nouveau et irriguer le ventre mou de la recherche. Avec de délicieux frissons inavoués pour ces messieurs-dames les savants. Filer doux dans des labyrinthes fléchés, entre des certitudes en granit hérissées de canons, c'est un peu ennuyeux à la longue, reconnaissons-le ; alors vive les murs qui s'éboulent par hasard, les voies neuves divulguées, l'aventure ; que le cœur palpite ! À la fosse commune les lois naturelles défuntes ! De nouveaux sottisiers à graver dans le marbre !

La communauté scientifique était restée longtemps divisée. L'union sacrée se réalisa enfin quand le patron du tapis-circus fut nommé directeur de la recherche scientifique et prétendit sabrer certains programmes de recherche trop dogmatiques. Contre lui ! Sus à l'empirisme des ingénieurs ! La pratique devançait la théorie, l'arbre poussait à l'envers, il fallait réparer ce désordre qui déchirait les enveloppes budgétaires et les organigrammes, place à la science !

On hissa toute la toile pour remonter à la source du vent, tirant des bords dans tous les sens. Beaucoup d'hypothèses, des démonstrations ardues avec à la clé, des solutions élégantes, que les puristes orthodoxes devaient avaler comme des couleuvres, des expérimentations qui les mettaient par terre les unes après les autres. Et cela durant cinq longues années ! Jusqu'au jour où, enfin, la solution d'abord s'insinua, telle Suzanne timide et malingre au milieu des savants, avant de s'imposer, vite remplumée par leurs soins : les tapis étaient enfin admis dans la légalité. La solution en question ? Eh bien voilà, la nature admettait certaines singularités ; l'apesanteur pouvait exister localement en présence des tapis. Ne me demandez surtout pas de vous l'expliquer !

Les tapis allaient pouvoir voler sans être inquiétés. Une base théorique saine au vol des carpettes venait d'être trouvée. Bref, la faculté de voler sous bonne garde scientifique était enfin reconnue aux tapis de laine. La grande aventure industrielle du tapis volant commençait.

Qu'est-ce que je disais au sujet des spécialistes en tout genre ? Pas plus tard qu'hier, Simon en a déniché un exemplaire : une universitaire, Christina c'est son nom, qui aurait lu quelque chose sur le Poto-Poto, une allusion énigmatique dans une revue. Un article ironique ; tout existait dans la nature, même les géologues inventifs, disait l'auteur, faisant référence à un livre : « le Poto-Poto, une terre paradoxale » d'un certain Taxilis qui prétendait que le sol là-bas rampait ! Pas une simple métaphore pour exprimer l'évolution naturelle du pays vers le progrès, comme chez nous, mais une réalité physique, géographique, une sorte de pays sur un tapis roulant !

« Une tempête pétrifiée posée sur l'eau, avec des collines de force huit, au moins ! Qui se succèdent du nord au sud et de l'est à l'ouest et viennent affronter les vagues de la mer, s'enfonçant sous elle sans céder. Le Poto-Poto, une convulsion dans le temps suspendue, sous une pelisse fertile. Et voilà que le temps s'était remis en marche, au ralenti, à l'allure d'un glacier. La houle de collines avait bougé. Et les Potopotiens s'en allaient tous vers le nord, redevenus nomades. »

Christina, c'était clair, était déjà en train d'affûter ses prochaines communications ; le Poto-Poto sortait de la glaise.

« D'une année à l'autre, continuait Taxilis, le paysage changeait. Les Potopotiens aux prises avec le changement. Vous imaginez un peu, les maisons qui passent d'un flanc de colline au flanc opposé en quelques décennies, par-dessus le sommet, dans quel état elles pouvaient être ! Et d'autres, promises à l'étang dans les creux, qui, pour échapper à un majestueux naufrage au ralenti, doivent être désarmées comme des bateaux et reconstruites ailleurs ! Et la résurrection hors de la vase, de celles restées à l'ancre, fantômes exsangues, repris en main par leurs propriétaires ou leurs ayants droit après une perte de jouissance de plusieurs lustres. Et dans les creux, des quartiers engloutis, des glas qui tintent, vapeur sonore au ras de l'eau, lourde à l'envol, pleurant sous la lune.

Et puis l'irrémédiable, le naufrage définitif, les lopins engloutis avec leur chargement, en bout de l'île, rendus aux sirènes. Avec sa compensation : la naissance à l'autre bout, côté sud, hors du ventre de la mer, de terrains neufs, de flancs fertiles… et un jour, qui sait, la proue de l'Atlantide renaissant de ses sables… »

Elle jubilait, Christina, il fallait la voir. Avec un nom pareil, c'est un canular le Poto-Poto, s'est-elle dit. Ou une faute de frappe. Le typographe qui se trompe et voilà un pays qui naît, lourd de gens, de réalités, riche d'Histoire, de quoi meubler des décamètres de bibliothèque, et des découvreurs qui piaffent déjà à l'idée d'y partir. C'était beau comme un rêve. Une simple vérification à la revue en question et le pays s'évanouirait.

Eh bien non, pas d'erreur, la référence était juste, le livre existait bel et bien. Seule sur une étagère, sentinelle oubliée, alourdie de poussière, encore vierge de lecteurs apparemment. Christina l'a lu, en a parlé autour d'elle, Simon l'a appris. Ensemble, on est allé la voir. Moi, incognito, et tout ouïe.

J'ai quand même été vérifié, sait-on jamais, a-t-elle dit. Sur les atlas, rien ; mais d'après un collègue, Cook en aurait parlé : le Poto-Poto, dixit, ce serait une île volcanique du Pacifique. Malgré tout, ça m'a tout l'air d'un conte géologique, comme on en faisait autrefois, du temps de Jonathan Swift, avant que la terre ne rétrécisse. Rafraîchissant non ? Simon avait un sourire en coin. Je l'ai laissé s'enferrer.

J'ai décidé de frapper un grand coup, pour nous montrer une bonne fois que le Poto-Poto, qui les avait fait ricaner jusque-là, était à la pointe du monde moderne, dans la frange des pays de cocagne.

Vous vous croyez très malins, vous, en Europe ! N'empêche que notre capitale à nous, au Poto-Poto, elle est maintenant reconstruite en plein ciel ! Oui, en plein ciel ! En lévitation ! Christina et Simon sont partis à rire. Christina, avec une lourde ironie : « La Jérusalem céleste enfin retrouvée ! À quelle hauteur, elle flotte, dis-nous » ? Simon me traite d'historien sans bicorne : trop de fantaisie, trop de désinvolture dans ce que je raconte ; pas assez de morts, de tueries, de révolutions sanglantes. Un gendarme à ce compte-là, pourrait résumer en une vingtaine de lignes la totalité des mythes où les humains se plaisent à voir leur singularité. Le temps ne serait pas sillonné comme maintenant de traces incandescentes ; la mémoire n'aurait pas autant de ravines désignant l'amont. Que seraient devenus ces événements sans un héraut à la hauteur ? La conduite d'un récit légendaire exigeait une certaine élévation de ton, une reconstruction de la réalité avec élimination des parties basses. Le Poto-Poto n'est pas un pays digne de ce nom !

Le beau raisonnement ! Briller par ses monceaux de cadavres ! C'est son couplet favori à Simon : il faut du sérieux, du guindé ; l'histoire humaine dans sa perspective, c'est comme la flèche du temps plantée dans le cœur des dieux, bigre ! Comme il y va ! Non au loto historique, aux bulles de passé tombant de la main du hasard au petit bonheur, où se chamaillent des marionnettes ! Allons donc ! Comme si l'Histoire était autre chose qu'une suite de contes, flatteurs pour ceux qui les lisent !

Il va falloir que tu donnes du corps à cette « riche idée en l'air », m'a dit Tiphaine. Attendez un peu les amis, une statue a été érigée récemment à Poto Rozi, la capitale, en l'honneur de Glam-n-Ozu, le novateur qui, le premier, a eu l'idée de construire une maison sur un tapis suspendu en l'air, profitant de la maîtrise technique acquise dans ce domaine par nos ingénieurs. Simon et Christina m'écoutaient avec attention, yeux écarquillés, échangeant des regards lourds de connivence, avec ce scepticisme de gens installés au centre du monde civilisé pour qui petit pays c'est pareil que pays petit.

J'ai renchéri, toujours crescendo.

Les urbanistes potopotiens, tous plus visionnaires les uns que les autres, ont conçu un projet grandiose, construire une ville dans les airs délivrée du Mouvement. C'est chose faite en partie. À quelque trois cents pieds au-dessus des collines, bâtis sur des tapis, s'alignent déjà des palais, des tours, des monuments, une cité lacustre qui chaque année s'étend davantage, la soif de stabilité décidant de plus en plus de gens à se saigner pour acquérir une demeure aérienne et échapper à cette reptation infernale du sol. Poto-Rozi la neuve est une splendeur. On sait déjà qu'un jour viendra où le Poto-Poto tout entier lévitera en plein ciel.

Ces révélations les ont littéralement assommés, forcés au respect, enfin, je le voyais bien à leurs mines.

Simon m'a insufflé de la vie. Il m'a promené partout, me présentant à des tas de gens influents pour ce que j'étais, tout à la fois un authentique Potopotien, un événement scientifique, un sujet de perplexité, ce qui est bien. Avec une sincérité un peu louche de bonimenteur. Il met des guillemets partout dans ses phrases, une subtile distance entre lui et un original néanmoins ami. Dans le lot, pas mal de psychiatres. Je crois comprendre leur intérêt – c'est de la curiosité professionnelle – pour les Potopotiens si nombreux de nos jours, qui sont victimes du Mouvement, lassés de cette fuite en avant perpétuelle et sans repos dans un monde changeant, qui élèvent des donjons autour d'eux et s'y enferment. La schizophrénie galope chez vous. Qui sait si le Mouvement ne va pas contaminer l'Europe un jour ! Des journalistes aussi et même un savant assez bizarre, du genre allumé-débraillé, qui leur a fait un cours magistral à tous, sur la lévitation des tapis. Médusés qu'ils étaient après.

J'ai beaucoup parlé. Le Poto-Poto a passionné. Si bien qu'on m'a demandé plusieurs fois d'en parler devant de très jeunes auditoires. Rallier les bambins à sa cause, c'est préparer l'avenir. « Timour, mon vieux, avec le Poto-Poto, tu as là un solide fonds de commerce », m'a prédit Simon.

J'ai revu Christina et vite compris qu'elle m'avait simplifié toute seule. Sous les oripeaux exotiques, un champ d'authentique, à bêcher, sa conviction est faite. Elle est bien décidée à agir pour sauver une noble cause en péril : moi et derrière moi un pays encore souffrant d'immatérialité. Ce serait une défaite de la pensée que de refuser une chance de naître à un pays neuf ignoré de tous encore par un hasard inexplicable. « Profite donc de cette trouille de l'intelligentsia de figurer un jour dans le bêtisier de son temps », m'a soufflé cette anguille de Simon qui joue sur plusieurs tableaux à la fois. Mon meilleur auditoire, ce sera eux, je suis bien d'accord.

Je parle beaucoup. Il n'y a pas que les rieurs qui se rangent de mon côté. Mes partisans deviennent foule. Parmi mes amis, un noyau dur de fidèles épris de logique, derrière la bannière du Poto-Poto où un mouflon doré vole au-dessus de vagues vert pré.

Ils ont ouvert la maison du Poto-Poto et fondé un cercle d'amitié franco-potopotien. La question de la reconnaissance de mon pays par l'O.N.U. devrait être mise à l'ordre du jour l'année prochaine.

Un voyage d'études est prévu. Une partie se fera en avion, le reste en bateau. On abordera au nord de l'île, à Khet-al'ès, un port fascinant. Du plus loin que l'on approche, on peut admirer la ville nouvelle flottant en plein ciel, pareille à un mirage. Nulle part mieux qu'ici, on ne réalise ce qu'est le Mouvement. Un port qui ne vieillit jamais, des grands travaux permanents en retrait, pour remplacer ce qui, mètre par mètre, s'engloutit.

Je sais tout des projets en cours par Simon et Christina qui viennent souvent me voir.

J'ai eu raison de faire front ; la chance a tourné. À l'endroit que j'avais indiqué sur les cartes, à ce qu'on m'a dit, le satellite a repéré le Poto-Poto tel que je l'ai décrit. Déconfiture des cartographes dans la lune, forcés d'admettre leurs limites. Le

Poto-Poto a failli rester ignoré ; le sort des civilisations tient parfois à peu de choses.

Simon était abasourdi, quand il a appris la nouvelle. J'ai pu quitter le divan de ce menteur. Il a pris ma place, le temps de remettre de l'ordre dans ses idées préconçues. C'est vrai que cela m'a aidé, d'être en position allongée durant les longues parties de creuse-méninges avec Christina et Simon, pour faire sortir le Poto-Poto de ma mémoire.

Coup de téléphone. Christina, toute excitée ; elle vient de découvrir d'autres livres sur le Poto-Poto. On doit se revoir à mon retour. Elle m'a demandé pour elle un tapis volant pas trop cher. Ne te tracasse pas, m'a-t-elle dit, le comité s'occupe de tout, le départ, c'est pour bientôt. Je compte en ramener un à Simon, un modèle biplace dans les tons bleus comme les yeux de Tiphaine.

Un braiment en bas dans le parc. C'est mon âne, en train de parler aux autres immigrés, faut voir comme il appuie ses effets en agitant les oreilles, ce comédien ! Je ne comprends pas comment il a bien pu faire pour me retrouver.

Table des matières

Imprimé en France
Achevé d'imprimer en juin 2022
Dépôt légal : avril 2022

Pour

Le Lys Bleu Éditions
40, rue du Louvre
75001 Paris